La spatule de l'espoir

Paul Tsamo & Amisi Lieke

La spatule de l'espoir

Le combat d'une mère

Editions **BoD** - Books on Demand

© Paul Tsamo & Amisi Lieke 2017

Tous droits réservés.

Édition : **BoD** - Books on Demand, 12/14 rond point des Champs Élysées, 75008 Paris, France

Impression : **BoD** - Books on Demand, Norderstedt, Allemagne

ISBN : 978-2-322-13918-7

Dépôt légal : mars 2017

Notre plus grande gloire n'est pas de ne jamais tomber, mais de nous relever à chaque chute.

        Confucius

Le vendredi treize

Il est presque trois heures de l'après-midi. Je suis allongée dans un transat en plein milieu de mon jardin, en compagnie de ma fille aînée. Quelques heures nous séparent de notre dîner familial traditionnel, qui se tient tous les deuxièmes vendredis du mois. L'ambiance est différente de celle qui précède habituellement ces rencontres que nous vivons depuis plus de quatorze ans. Elle est très tendue.

- Maman, je te le dis et le répète, je serai assistante sociale.
- Léa, tu ne peux pas exercer un tel métier, il n'est pas approprié pour une personne de notre milieu.
- Ah oui ? Et c'est quoi notre milieu ? Il faut bien que quelqu'un vienne en aide à ces gens qui souffrent.
- Oui, mais pas toi.
- Qui alors ?

- Quelqu'un qui leur ressemble. Après tout, c'est leur destin. Ils n'ont qu'à s'organiser. D'ailleurs, s'ils souffrent, c'est parce qu'ils le veulent ; ils ne font aucun effort.

- Parce que tu crois que c'est simple pour eux ? Que ferais-tu si tu te trouvais dans une situation semblable et que l'on te disait la même chose ?

- Tu sais Léa, du haut de tes quatorze ans, tu crois tout savoir. Le travail, ce n'est pas ça qui manque. Il pullule là dehors, partout. Si tu cherches bien, tu ne peux pas ne pas en trouver.

- C'est ça !

Un moment de silence pesant s'installe. Tout d'un coup, Léa se tortille en se penchant en avant.

- Aie ! Aie ! Gémit-elle en tenant son ventre.

- Ça va Léa ? Est-ce que ça va ? Tu as mal ?

- Ça va, Maman. J'ai juste senti deux…, non, trois picotements rapides à ce niveau, sur la gauche.

- Tu les ressens encore ?

- Non ! Plus rien, répond-elle en tâtant l'endroit. C'est bizarre ! C'est la première fois que ça me le fait. J'ai bien senti trois pics distincts.

- J'espère que ce n'est rien de grave.

- C'est peut-être tout simplement parce que mon corps n'arrive pas à encaisser ce que tu viens de me dire. D'ailleurs, Maman, je ne comprends toujours pas ta réaction. Comment peux-tu imaginer des choses pareilles sur les pauvres ? Tu ne devrais pas dire ça.

- Ma fille, tu es encore très jeune pour comprendre.

Sur ces propos, Léa s'énerve et s'en va.

Je continue imperturbablement ma séance de bronzage. Lorsque le soleil disparaît derrière les collines de l'île de Maga, je quitte le jardin et m'installe dans le séjour, sur le grand canapé d'angle. J'allume la télévision. Mon feuilleton préféré vient juste de commencer. Comme d'habitude, je crie et je fais des commentaires sur les acteurs dont le jeu et les décisions m'exaspèrent. De temps en temps, je regarde mes deux garçons, Hugo et Ben, qui jouent en s'amusant sur la grande table ovale qui domine le côté gauche du séjour. Un air agréable traverse la pièce.

Soudain, un gros oiseau gris et blanc atterrit sur le bord de la fenêtre grande ouverte. En une fraction de seconde et d'un regard menaçant, il balaye la grande pièce. Puis, il fixe l'aîné des garçons.

- Maman ! Maman ! Crie-t-il en fuyant à toute allure.

Ben le suit en courant, aussi rapidement qu'il le peut.

Je bondis du canapé, enjambe deux guéridons et rattrape les garçons que je serre fortement dans mes bras. Le rapace s'envole et disparaît dans la pénombre en criant.

- Une chouette dans ma maison !

- Maman, ce n'est pas une chouette. Elle n'a pas fait « hou ! hou ! hou ! », rétorque Ben.

- Si, c'était une chouette. Quand elle crie comme ça, ce n'est vraiment pas un bon signe.

- Pourquoi est-ce que ce n'est pas un bon signe ?

- C'est un animal de mauvais augure. Ce cri de faucon annonce un malheur. Il y a quelque temps, votre grand-mère m'avait raconté l'histoire d'un habitant de cette île : une chouette s'était posée sur le bord de sa fenêtre en poussant un cri perçant. Peu de temps après, un grand malheur s'était abattu sur sa famille.

- J'ai peur, Maman.
- Moi aussi, j'ai peur.

Tout en serrant les garçons dans mes bras, je cherche Léa du regard.

- Où est votre grande sœur ? Où est Léa ?
- Je ne sais pas, répond Hugo.
- Et toi, Ben ? Sais-tu où est ta sœur ?
- Non Maman. Je ne sais pas.
- Comment ça personne ne sait ? Elle était là il y a moins de trente minutes. Elle ne peut tout de même pas se volatiliser comme ça !

Finalement, Ben se souvient.

- Ah si ! Elle m'a dit qu'elle allait chez son amie récupérer son roman.
- Laquelle ?
- Celle qui habite dans la maison juste en face.
- Ah ! Dieu merci ! J'ai cru que quelque chose lui était arrivé. Hugo, Ben, allez vous installer dans le canapé, j'arrive.

Je verrouille les deux fenêtres de la pièce et celles de toutes les chambres. Lorsque je reviens dans le séjour, je n'ai qu'une envie, m'assurer que Léa est bien là où

Ben m'a indiqué. Je prends mon téléphone et compose son numéro.

- Ma chérie, c'est Maman. Je souhaite juste m'assurer que tu es bien chez ton amie.
- Ne t'inquiète pas Maman, je suis bien chez Judith. Papa est déjà là ?
- Pas encore ma chérie.
- C'est bizarre ! C'est la première fois qu'il oublie qu'on doit aller au resto.
- Il a peut-être eu beaucoup de travail. Je l'appellerai vers sept heures s'il n'est pas arrivé d'ici là. Est-ce que tu peux rentrer maintenant et rester avec tes frères ?
- Oui Maman. J'arrive.
- Non ! Non ! Attends ! Je viens te chercher. Il ne faut pas que tu sois seule.
- Pas de panique Maman ! Mon amie et sa sœur vont m'accompagner. Elles veulent en profiter pour emprunter un autre roman.
- OK, soyez prudentes en traversant la route.
- Tu t'inquiètes trop, Maman.
- Tu verras ma fille, tu en feras autant plus tard.
- C'est bon ! À tout à l'heure.
- OK, Léa, à tout de suite.

J'éteins le téléviseur et m'installe auprès des garçons en les enlaçant pour les réconforter de ma chaleur maternelle. Nous restons tous silencieux. Je me demande intérieurement pour quelles raisons mon mari n'est pas encore arrivé ; surtout à cette heure-là. Très vite, mon esprit dérive sur le moment magique de notre rencontre.

C'était un deuxième vendredi du mois, en fin d'après-midi. J'allais passer le week-end chez ma grand-mère. J'avais emprunté les chemins du quartier pour éviter l'affluence des grands axes de Maga Nord. Au détour d'un virage, juste devant un petit restaurant appelé « La rencontre », la roue avant de mon scooter creva. Je m'agenouillai et essayai de desserrer un boulon récalcitrant lorsqu'une voiture se gara dans le parc de stationnement du restaurant. Quelques instants plus tard, un homme sortit de la voiture et vint à mon aide. En un tournemain, le scooter fut prêt à pétarader. Pour remercier mon chevalier servant, je lui proposai un verre. Nous prîmes place autour d'une table en terrasse. Très rapidement, le séduisant architecte et moi échangeâmes des regards complices. Je n'avais que dix-sept ans et étais au lycée, alors que lui en avait vingt-neuf.

Malgré cette différence d'âge, notre idylle continuait et environ un an plus tard, nous nous mariâmes. En guise de cadeau, nos nouveaux amis communs nous offrirent un dîner dans un restaurant. Le hasard voulut que ce soit au restaurant « La rencontre ». Cela fut très amusant, d'autant plus qu'ils ignorèrent comment nous nous fûmes connus. Coïncidence des coïncidences, ce fut encore un deuxième vendredi du mois. Devant cette réalité, nous décidâmes de consacrer le restaurant « La rencontre » en y dînant en amoureux tous les deuxièmes vendredis du mois. Lorsque les enfants sont arrivés, nous avons perpétué cet événement qui est devenu familial.

Ben, qui était resté calme jusque-là, commence à s'impatienter et le fait vite savoir.

- Maman, est-ce qu'on va aller à « La rencontre » ce soir ?

Je sursaute et me rends compte que je rêvais.

- Papa, il va arriver quand ? Enchaîne Ben. Ça fait longtemps qu'on l'attend maintenant. Tu crois qu'il a oublié ?

Je lance un coup d'œil sur la grande pendule murale. Il sera sept heures dans trois minutes. La porte s'ouvre et Léa entre, accompagnée de son amie et de sa petite sœur. Sous le charme de la plus jeune invitée, Hugo se fait tout petit et son regard devient fuyant.

- Papa est rentré ?

- Non Léa. Je ne sais pas pourquoi votre père n'est pas encore là. Je vais l'appeler pour m'assurer qu'il n'y a pas de problèmes.

Tandis que Léa va dans sa chambre, je compose le numéro de Marc. Au bout de quatre sonneries, j'entends : « Bonjour, ici Marc, Marc Balu. Je ne suis pas disponible pour le moment, mais vous pouvez me laisser un message et votre numéro de téléphone et je vous rappellerai dès que possible. Merci. »

Je raccroche et mon inquiétude augmente. Léa revient avec un roman qu'elle tend à son amie.

- Léa, s'il te plaît, raccompagne ton amie et sa sœur. Quant à vous les garçons, allez-vous changer. Vu l'heure, je ne pense pas que l'on ira encore au restaurant ce soir.

Les garçons se lèvent et se dirigent vers le couloir lorsque Ben, comme à son habitude, décide de faire le comique.

- Une chouette, crie-t-il.

Hugo sursaute et glisse sur les pièces d'un jeu de construction que son petit frère a laissé traîner. Sa chute le conduit vers l'angle pointu de la maquette architecturale de l'île de Maga, un cadeau offert à son père lorsqu'il fut major de promotion. On y voit bien Maga Sud et Maga Nord, séparés par le long fleuve qui traverse l'île d'est en ouest.

Voyant le danger, je pousse un grand cri et cours aussitôt vers Hugo. Dans sa chute, il attrape, du bout des doigts, un coin de la nappe. Celle-ci entraîne dans son sillage le vase posé sur la table, qui tombe et se brise en mille morceaux. Hugo parvient néanmoins à atterrir sur ses deux pieds.

Je ne peux que lire une grande fierté dans son regard. Il parait extrêmement content de son geste et ne semble même pas conscient du danger qu'il vient d'éviter. Sa seule préoccupation est le geste acrobatique parfait qu'il vient de réussir avec brio devant celle qu'il aime et à qui il n'a pourtant encore rien dévoilé. Mais par-dessus tout, cet exploit le conforte dans son désir de devenir comme sa vedette adorée, Bruce Lee.

Cette passion remonte à plusieurs années. Devant le culte que Hugo voue à l'acteur sino-américain, Marc et moi l'avons inscrit au karaté. Depuis, il ne rate plus aucune occasion de démontrer sa maîtrise de cet art martial. Dès qu'il le peut, il retrousse les manches de ses chemisettes, bombe son minuscule torse et exhibe ses muscles en criant : « c'est moi le plus fort ».

C'est ainsi qu'il réussit toujours à intimider ses amis qui n'osent jamais le contrarier. Par contre, dès qu'il est devant sa petite voisine, il perd tous ses moyens et devient subitement très calme, comme s'il voulait devenir invisible.

Fort heureusement, Hugo ne s'est pas blessé, mais cela n'apaise pas ma grande inquiétude. Je reste préoccupée par la succession d'événements qui viennent de se dérouler : les trois picotements dans l'abdomen de Léa, la chouette sur le bord de la fenêtre, mon mari introuvable et Hugo qui est passé tout près de la catastrophe. Tout cela me trouble.

- Ben, combien de fois dois-je te le dire ? Tu ne dois pas faire ce genre de mauvaise plaisanterie à ton frère. Tu te rends compte de ce qui aurait pu lui arriver ? Il a failli tomber et se faire très mal.

- Bruce Lee ne tombe jamais, répond Hugo, qui n'a rien perdu de sa fierté.

- Ce n'est pas le moment de rigoler. Allez vous changer, et cette fois, je ne veux plus voir de bêtises. Faites bien attention aux tessons ! Surtout toi, Hugo.

Parce qu'avec ton histoire de karaté, ça finit toujours en n'importe quoi.

- Oui, Maman.

Les deux garçons empruntent calmement le couloir tandis que Léa ouvre la porte à ses invitées.

- Au revoir Madame Balu, au revoir Léa.
- Au revoir et bonne soirée les filles.

Léa referme la porte et vient auprès de moi. Je la prends dans mes bras.

- Que se passe-t-il, Maman ?
- Je ne sais pas ma fille. Il y a des choses mystérieuses qui se passent en ce moment et cela m'inquiète.

Je lui raconte alors tout ce qui s'est passé lorsqu'elle était chez son amie.

- Maman, j'espère que tu ne m'en veux pas pour tout à l'heure.

Je me dis qu'elle culpabilise en repensant à notre échange du début d'après-midi.

- Mais non ma fille ! Je ne t'en veux pas. Je suis seulement troublée par ce qui arrive. Je ne comprends pas pourquoi ton père ne répond pas au téléphone. Pourquoi n'appelle-t-il pas ? Y a-t-il un problème ?

Je sens mes yeux de plus en plus humides.

- Je ne peux pas rester là à attendre, je dois aller le chercher.
- Le chercher ? Mais où, Maman ?
- Je vais aller à son travail.

- Il n'est que sept heures passées. Je pense qu'il faut attendre encore un peu avant d'y aller. Il a peut-être été retenu par son chef ou il discute avec des amis. Il n'y a sûrement aucune raison de s'inquiéter.

- Justement, je souhaiterais en avoir le cœur net. Car s'il y a un jour dans l'année où il n'est jamais rentré tard, c'est bien le jour du dîner familial.

Nous restons debout encore un petit moment, dans le calme, toujours dans les bras l'une de l'autre.

- Léa, accompagne-moi à la cuisine, nous allons préparer quelque chose à manger pour ce soir.

- Oui, Maman.

Je nettoie rapidement le sol recouvert de débris de verre et rejoins Léa qui a commencé à préparer la pâte pour le gâteau.

- Léa, ne tiens pas la spatule par le bout, sinon la pâte ne sera pas bien pétrie.

- Au moins, si je rate, on pourra dire que c'est la faute à la spatule, répond Léa un peu irritée.

- Personne ne dira ça.

- Je rigole, Maman. Est-ce que c'est comme ça qu'il faut la tenir ? Demande Léa en serrant l'ustensile au milieu du manche.

- C'est exactement ça, ma fille. Le gâteau sera meilleur et tes frères vont adorer.

Quelques minutes plus tard, le repas est prêt. Nous nous installons à table et dînons en silence en attendant

Marc. Ben, encore une fois, ne peut s'empêcher de faire le pantin.

- Le repas n'est pas mauvais, mais j'aurais préféré de loin manger à « La rencontre » ce soir ! Leur cuistot est bien meilleur.

- Tu arrêtes Ben, s'il te plaît. Ce n'est vraiment pas le moment !

À la fin du repas, je débarrasse la table et invite Léa à rester avec moi. Quant à Hugo et Ben, je leur demande d'aller se coucher.

Les minutes passent et toujours aucun signe de Marc. Léa et moi continuons d'attendre. Nous sommes assises face à face, les coudes sur la table. Nos têtes s'alourdissent au fur et à mesure que le temps défile. Nos yeux sont certes fermés, mais nous ne perdons rien des tic-tac de la pendule murale dont le bruit saccadé brise le long silence qui s'est installé dans la pièce.

Lorsque le carillon retentit, il est neuf heures du soir. Léa et moi ouvrons les yeux. Nos regards se croisent, inquiets. Nous jetons un regard synchronisé sur la grande pendule.

- Je vais aller chercher ton père.
- Je viens avec toi, Maman.
- Non, il faut que tu restes avec tes frères.

Je regagne ma chambre et Léa la sienne. En entrant, j'entends des claquements légers venant de la chambre mitoyenne. Ben, doit probablement être en train de se retourner sur lui-même afin de trouver la meilleure position qui lui garantira un doux sommeil. Il a finalement admis que le traditionnel dîner n'allait pas avoir lieu ce soir, persuadé que son père l'a tout simplement oublié. Je m'installe quelques instants sur le lit. Mille et une questions continuent à me traverser l'esprit. Je n'arrête pas de m'interroger sur ce qui a pu arriver à Marc.

Je me lève, mets rapidement un t-shirt puis enfile un jeans et une paire de baskets. J'attrape aussi un pull que je porte sur mes épaules, tout en prenant soin d'enrouler les manches autour de mon cou. J'avance vers la porte d'entrée. Au moment où je m'apprête à l'ouvrir, la sonnerie de la maison retentit. Je sursaute et m'arrête net.

J'attends Marc, certes, mais pour quelle raison sonnerait-il à la porte ? Aurait-il perdu ses clés ou les aurait-il oubliées à son bureau ? Est-ce une autre personne ? Que viendrait faire une personne chez moi à cette heure-ci ? Il est quand même neuf heures du soir !

Je décide finalement de répondre.
- Qui est là ?
Ma voix fine ne va pas loin et je n'entends aucune réponse.
- Qui est là ? Lancé-je à nouveau, en tenant la poignée de la porte et en tendant l'oreille pour écouter ce qui se passe à l'extérieur.

Je reconnais le bruit du raclement de gorge d'un homme.

- Nous sommes de la police. Pouvez-vous nous ouvrir s'il vous plaît ?

Je remarque deux timbres de voix différents. Sans m'en rendre compte, je pivote et m'adosse à la porte. Mes jambes commencent à fléchir et je m'accroupis, le dos collé à la porte. Je lève les yeux au ciel.

Que se passe-t-il ?

Alors que mon cœur bat la chamade, ma tête est envahie par un flot de questions.

Que vient faire la police ? Où est mon mari ? Est-il arrivé quelque chose pour que la police vienne à la maison ? Pourquoi Marc n'est-il pas encore là ?

- Madame, pouvez-vous nous ouvrir, s'il vous plaît ?

Je me lève tout en essuyant quelques larmes. Je lance un coup d'œil à travers le judas pour m'assurer de l'identité des personnes à l'extérieur. Je vois effectivement deux hommes en tenue de police. Je réussis aussi à identifier l'un d'eux. C'est le célèbre policier qui est passé à la télévision pour avoir sauvé un enfant de la noyade. Il a d'ailleurs reçu une médaille pour courage et bravoure.

J'ôte le crochet de sécurité, appuie sur la poignée et tire la porte pour l'ouvrir. Les deux hommes sont debout devant moi, le regard fermé. Ils tiennent leurs casques de moto en main.

Pressée de connaître la raison de leur venue, j'oublie de les saluer.
- Bonsoir, Madame. Je suis le policier Robert Zapman et voici mon collègue Anthony Ficher.
- Est-ce que nous sommes chez Marc Balu ?
- Oui Monsieur.

À ce moment-là, je n'ai qu'une seule idée en tête : obtenir des réponses à mes interrogations.
- Vous êtes sa femme ? Madame Balu ?

Je hoche la tête en signe d'acceptation.
- Nous avons une information pour vous. Pouvons-nous entrer un instant, s'il vous plaît ?

Je leur fais à nouveau un signe de la tête. Ils entrent et se dirigent vers le salon.

Lorsque je les invite à s'asseoir, ils préfèrent rester debout. Par contre, ils insistent pour que je m'assoie. Je remarque qu'ils restent près de moi.

Qu'ont-ils à me dire ? Probablement une très mauvaise nouvelle.

Je trouve le temps long et leur cérémonial interminable et décide de ne plus attendre.
- Pourquoi êtes-vous là messieurs ? Quelque chose de grave est-il arrivé à mon mari ? Pourquoi n'est-il pas avec vous ? Que lui est-il arrivé ?

21

Les deux policiers hésitent un instant avant de répondre.

- Oui, quelque chose de grave, dit le premier.

- De très grave. Un très grave accident, enchaîne le second.

- À l'entrée du pont en arrivant de Maga Sud, la voiture de votre mari a terminé sa course dans le ravin, continue le premier homme.

- Il n'a pas survécu, déclare le deuxième homme. Pour le moment, nous n'avons pas plus d'éléments. Une enquête vient d'être ouverte…

À peine les deux hommes avaient-ils terminé leur propos que je m'écroule. Le temps semble s'être arrêté. Tout tourne autour de moi.

Les enfants, qui avaient entendu la sonnerie et des voix provenant du séjour, sortent de leur chambre en courant. Lorsqu'ils traversent le couloir, j'entends les bruits de leurs pas résonner. Ils apparaissent joyeux dans le séjour. Leur humeur contraste avec ma stupeur du moment. Ils pensaient certainement voir leur père, enfin rentré, qui allait nous conduire au traditionnel dîner à « La rencontre ».

Ils me voient écroulée et en sanglot. Ce triste spectacle stoppe brutalement leur joyeuse course. Ils ne bougent plus et leurs yeux sont fixement posés sur moi. Ils sont comme hypnotisés.

Je ne veux pas leur infliger ce triste spectacle. Je les somme de regagner leurs chambres immédiatement. Ils s'exécutent sans demander leur reste. Je crois qu'ils ont compris qu'un drame se joue.

Moi, je reste là, assise par terre, les jambes allongées. J'ai le visage figé, le cœur meurtri et les poings fermés. Mes yeux humides laissent couler des larmes. Mon regard plonge dans le néant. Je sens ma tête pencher légèrement en arrière. La douleur et la souffrance m'envahissent et pénètrent mon être jusque dans ses profondeurs. Je me rends compte que rien ne sera plus comme avant ; plus jamais. Et je m'interroge :

Pourquoi ? Pourquoi moi ?

Le désenchantement

La mort de mon mari m'a totalement dévastée. Elle remonte déjà à trois mois. Pourtant, je ne sais pas comment la surmonter. La famille avait toujours compté sur le seul salaire de Marc. Il était certes très confortable, mais était néanmoins notre seule source de revenus.

Marc s'occupait de tout : des factures, des impôts, bref, de toute la paperasserie qui me rebutait. À plusieurs reprises, il avait essayé de m'impliquer dans cette gestion, mais à chaque fois, je trouvais toujours une astuce pour me dérober.

- Oui, je sais. Tout est dans ton bureau, bien classé dans le placard par rubrique et par ordre chronologique du plus ancien au plus récent. Mais à quoi bon retenir tout ça ! Tu le fais si bien ! On ne change pas une équipe

qui gagne ! Et en plus, je n'y comprends rien. Tu sais bien que je suis incapable de gérer un budget.
- Tu sais ma chérie, je ne serai pas toujours là.
Je l'interrompais et rétorquais aussitôt.
- Cela n'arrivera jamais.
- De toute façon, je ne veux même pas évoquer ce sujet.

Ces discussions me rendaient particulièrement nerveuse et Marc le savait bien. Alors, afin de ne pas me frustrer, il changeait de sujet. Mais au fond moi, je savais qu'il avait raison et que tôt ou tard, je devrais m'y mettre. Maintenant qu'il n'est plus là, l'avenir de nos enfants repose entièrement sur mes seules épaules. Je ne peux plus me cacher derrière qui que ce soit.

Pour ne pas bouleverser complètement notre quotidien, je fais le choix de ne rien changer à nos habitudes et de maintenir le même train de vie. Les économies faites par Marc et les quelques placements pour les études des enfants devraient suffire le temps que je trouve un travail.

Le quotidien dans notre maison est parfois très pesant, car tout me rappelle Marc. À commencer par nos merveilleux enfants qu'il chérissait tant et qui étaient une réelle bénédiction à ses yeux. Chaque pièce abrite d'innombrables objets qu'il rapportait de ses multiples voyages. La vue de ces souvenirs m'est parfois insupportable. J'ai l'impression de suffoquer tant son esprit me hante. Il m'arrive d'éprouver le besoin de mettre de la distance pour avoir les idées plus claires.

Je décide alors de partir quelque temps avec les enfants. Cela me permettra aussi de renouer avec l'une de mes passions, les voyages, et de retrouver mon calme intérieur. Cela fera certainement du bien aux enfants. En plus, ça tombe bien, car ils vont être en congés dans deux semaines. Je veux leur faire la surprise.

Je choisis une destination qui leur est inconnue, mais qu'ils ont toujours rêvé de découvrir. Peu importe le prix à côté de ce que cela représente à mes yeux. Ce pas vers l'inconnu est le premier que nous ferons à quatre. Je profite du souper pour leur annoncer que nous allons faire un grand voyage, sans toutefois leur dévoiler la destination.

- Est-ce bien raisonnable de faire un grand voyage maintenant, Maman ? Demande Léa.

Là, je reconnais bien ma fille et surtout l'empreinte de Marc. Lui qui était si prévoyant, répétait toujours aux enfants qu'il ne fallait pas vivre au-dessus de ses moyens et qu'il fallait rester mesuré en toute chose.

- Ne t'inquiète pas, ma fille. Je sais ce que je fais. Je trouverai vite un travail. Pour l'instant, le plus important c'est de nous ressourcer et de nous retrouver.

- OK, si tu le dis, Maman.

Hugo et Ben sont plutôt contents.

Le voyage se passe tellement bien que plusieurs semaines après, nous en évoquons les souvenirs presque à chaque repas. Ces retrouvailles quotidiennes autour de la table sont des moments privilégiés et l'occasion d'échanger longuement avec les enfants. Ce sont des instants de calme et de tranquillité sans commune mesure avec la course du matin où chacun s'empresse d'avaler son petit-déjeuner pour ne pas rater l'autocar.

Mais voilà que peu à peu l'ambiance n'est plus la même. Les portions de viande se réduisent comme peau de chagrin dans les assiettes et les repas sont de moins en moins variés. Le menu est régulièrement composé de pommes de terre ou de pâtes tantôt en sauce, tantôt en gratin avec quelques légumes. D'ailleurs, Ben n'hésite pas à faire part de son mécontentement.

- Encore des pâtes ! On en a mangé au moins trois fois cette semaine, Maman ! Est-ce que tu pourrais nous faire autre chose demain s'il te plaît ? Ça fait longtemps que je n'ai pas mangé mon plat favori.

- Est-ce que tu pourras acheter aussi des fruits ou des desserts pour demain, Maman ? Renchérit Hugo. Nous aurons bientôt les compétitions, et je dois absolument prendre des forces si je veux être au top de ma forme.

J'espère qu'ils sont venus à bout de leurs doléances.

- Au fait, Maman, avant d'oublier, j'ai quelque chose à te remettre.

Zut !

Hugo sort de table et se dirige vers sa chambre. Mon regard devient hagard. Je sens le grand vide laissé par Marc. Il me manque et la charge est de plus en plus lourde pour mes seules épaules. Hugo revient quelques instants plus tard et me tend une enveloppe.

- Tiens, Maman. L'entraîneur, Maître Chan, m'a remis ce courrier pour toi. Il m'a dit de te le remettre en mains propres. Il s'étonnait que la cotisation du trimestre dernier n'ait pas encore été payée. Il m'a dit qu'il y a la facture de ce trimestre et la copie de celle du trimestre passé. Il a insisté pour que j'y fasse très attention. D'ailleurs, il m'a dit que je ferai certainement un meilleur messager que le facteur qui semble avoir perdu le courrier précédent. Il m'a dit que je devais bien te rappeler que les cotisations devraient être réglées rapidement, car comme les compétitions approchent, il faut absolument que je sois à jour pour pouvoir y participer.

Je m'efforce de ne pas laisser transparaître ma gêne. Je prends le courrier que me tend Hugo, l'ouvre et le scrute avec attention.

- Ne t'inquiète pas, mon chéri. Je vais régler ça très vite. C'est juste que j'ai oublié de m'en occuper.

Alors que je parle, mon regard s'arrête au bas des documents, qui laissent apparaître le montant de la cotisation : deux cents dollars pour le trimestre écoulé et deux cents dollars pour le trimestre en cours.

Mais où vais-je trouver une telle somme en si peu de temps ? D'autant plus que ce n'est vraiment pas la priorité du moment.

Il est vrai que Marc avait laissé de petites économies, mais ça fait déjà plusieurs mois que je puise dedans. J'ai toujours pensé que j'arriverai à trouver un travail facilement.

La réalité est toute autre. Toutes mes candidatures se soldent par un refus : « Nous vous remercions vivement pour votre candidature et pour l'intérêt que vous portez à notre structure. Malheureusement, compte tenu de votre manque d'expérience et de votre niveau d'études, notre choix s'est porté sur un autre candidat. Nous sommes cependant certains que vous trouverez rapidement le poste qui correspondra à vos attentes. »

Je suis embarrassée et Hugo le remarque. Il insiste.

- Maman, il faut vraiment que tu t'en occupes. C'est très important pour moi.

Sur ces larmoiements, Léa s'agace et n'hésite pas à le faire savoir à son frère.

- Le plus important, ce ne sont pas tes factures de karaté, c'est plutôt le loyer. C'est ce qui nous permet de ne pas nous retrouver sous les ponts. Tu pourrais être un peu moins égoïste, de temps en temps !

- Il me semble que je viens de vous dire que je m'en occupais, non ? Je trouverai une solution pour les loyers et les factures de karaté. Vous n'avez pas à vous en inquiéter. Contentez-vous de bien travailler à l'école et d'être respectueux les uns envers les autres. Fin de la discussion.

Après cette clarification, les enfants changent de sujet pour ne pas m'énerver davantage. La soirée finit dans le calme.

Ma situation financière devenant de plus en plus tendue, je décide de faire appel à Maya, une amie de longue date. J'ai toujours été là dans les moments difficiles, lui servant tantôt de confidente, tantôt de banquier, lorsqu'elle était à court de liquidités. Je compte sur elle pour me dépanner en ces temps plus que compliqués pour moi.

Le jour du rendez-vous, j'arrive comme convenu au salon de thé à quatorze heures. Je pousse la porte vitrée et pénètre dans la grande salle somptueuse au sol de marbre blanc et au plafond orné de peintures qui reproduisent les œuvres de grands peintres italiens de la Renaissance.

J'ai toujours adoré cet endroit magique chargé d'histoire, qui appartient à l'une des plus grandes familles de Maga Nord. Plusieurs générations y ont habité et chacune a apporté sa pierre à l'édifice.

Finalement, la demeure familiale fut transformée en un lieu de rencontre prisé par la haute société. Elle est devenue le meilleur salon de thé de l'île, dans lequel il est possible de déguster des thés venant des quatre coins du monde. Les pâtisseries y sont excellentes.

Une hôtesse vient m'accueillir à l'entrée. Elle est vêtue d'un uniforme blanc composé d'une jupe et d'un chemisier col Mao, coiffée d'un chignon et d'une toque rouge. La tenue des hommes est assortie à celles des hôtesses : chemise et pantalon blanc, toque rouge. C'est la marque de la maison. Le cadre est très chic.

- Bonjour Madame. Quel plaisir de vous revoir dans notre salon ! Puis-je vous installer ? Dit-elle, en arborant un grand sourire.

C'est alors que j'aperçois au loin une personne qui me fait signe de la main.

Oui, c'est bien mon amie.

Je la reconnais à sa chevelure blonde.

- Bonjour ! Je suis attendue par la dame qui me fait signe.

- Oui, bien sûr. Entrez Madame, je vous en prie, me dit-elle en faisant un pas sur le côté afin que je puisse emprunter l'allée centrale.

Mon amie n'a pas changé. Son allure est toujours aussi soignée. J'affiche un grand sourire et m'avance vers elle. Nous nous embrassons. Je suis heureuse de la revoir, elle aussi manifestement. Nous nous installons autour d'une petite table ronde dorée.

- Maya, je suis tellement contente de te voir. Cela fait déjà près de quatre mois que nous nous sommes littéralement perdues de vue. Tu m'as tellement manqué ! Alors, que deviens-tu ? Raconte-moi tout ! Je veux tout savoir ! Je suis sûre que j'ai raté beaucoup de choses.

Mon amie, presque aussi bavarde que moi, commence son récit.

- Oh, ma chérie. Il s'est effectivement passé beaucoup de choses. Pour les fêtes de fin d'année, nous sommes partis faire un safari en Afrique du Sud. Nous y sommes restés deux semaines. C'était magnifique. Les deux premiers jours, nous sommes restés dans un hôtel en plein centre de Captown. Nous y avons fait un peu d'emplettes. Puis nous avons passé quelques jours dans un hôtel cinq étoiles tout confort avec piscine un peu plus au nord. Nous y sommes allés par avion. C'était vraiment merveilleux. Nous avons pu voir des lions, des éléphants, des rhinocéros, des buffles, des léopards. On les appelle les « big five ». Nous avons aussi eu la chance de voir des lycaons, des mangoustes, des singes… Ils s'amusaient à nous voler nos repas. C'était très amusant par moment. Mais il valait mieux ne rien laisser traîner. Nous avions loué les services d'un guide privé. Il était charmant. Et quelle sensation de se trouver au milieu de cette nature sauvage ! Il est vrai que par moments, je n'étais pas vraiment rassurée. Mais cela restera un souvenir inoubliable.

Je l'interromps.

- Oui Maya, je peux bien l'imaginer. Ce que tu racontes me rappelle notre safari en Namibie, que l'on avait fait quand Hugo avait quatre ans. Cela remonte déjà à bien longtemps. J'en garde aussi un merveilleux souvenir. Ces couleurs, ces odeurs…

Je continue de l'interroger.

- Et les enfants ? Comment vont-ils ? Ils ont dû bien changer. Il faudrait vraiment qu'on se voie comme avant.

À peine ai-je prononcé ces paroles que je décèle une légère crispation dans le sourire de Maya. Du coup, mon imagination se met à fonctionner à plein régime.

Mais non, ce n'est pas possible. Il est vrai que Marc est décédé et que cela me confère un statut de veuve. Il est aussi vrai que Maya donne énormément d'importance au statut social de ses fréquentations. J'espère m'être trompée et que notre amitié est certainement plus forte que ces a priori. Nous avons vécu tellement de choses ensemble que je ne peux pas concevoir que notre amitié s'éteigne un jour.

Maya m'interrompt.

- Que deviennent les enfants ?

- Oh ! Tellement de choses se sont passées. Nous avons entrepris un grand voyage pour nous changer les idées. Cela nous a fait beaucoup de bien de partir loin, les enfants et moi. Nous avons découvert l'île des six pics. Nous avions toujours rêvé d'y aller. C'était merveilleux ! Nous avons fait des randonnées tous les jours pour nous vider la tête. Ce fut un break vraiment profitable. À notre retour, même si ça n'a pas été facile, nous avons appris à vivre à quatre. Bien sûr, il y a des hauts et des bas, mais il y a du mieux. Nous avons aussi entrepris de réaménager la maison. Rien d'extraordinaire, rassure-toi ! L'argent file tellement vite ! Nous nous sommes contentés de déplacer quelques meubles. C'était comme un nouveau départ pour nous.

Je me rends compte que je n'ai pas encore évoqué le sujet principal.
- À ce propos, j'ai un grand service à te demander. Pourrais-tu me prêter un peu d'argent. Pas grand-chose ! Ce sera l'affaire de deux mille dollars. Je suis à court de liquidités, mais d'ici deux mois, je serai en mesure de te rembourser.
- Je regrette vraiment de ne pas pouvoir t'aider. Si tu m'avais posé la question plus tôt, je l'aurais fait sans aucun problème. Mais il se trouve que je viens juste de dépenser une fortune pour notre voyage, sans compter les quelques petites folies auxquelles je n'ai pas pu résister comme la bague que je porte. Si seulement je l'avais su plus tôt… Ça me chagrine de ne pas pouvoir t'aider, mais pour l'instant, je ne peux vraiment rien faire. Si c'est vraiment pressant, essaie de te rapprocher du banquier. Il t'accordera certainement un petit prêt.
- Oui, tu as raison. C'est ce que je vais faire.

Je viens de comprendre que je dois aussi oublier mes amies en cas de coup dur.

Nous continuons à discuter jusqu'à dix-sept heures. Je rentre chez moi bredouille, mais avec la ferme intention de trouver une solution. Dès cet instant, j'accélère ma recherche d'emploi.

Il est hors de question que je baisse les bras. Cette option n'est même pas envisageable. Il faut absolument que je trouve quelque chose, et cela très vite.

Je multiplie les candidatures pour maximiser mes chances. Cela m'oblige à me déplacer régulièrement, tant et si bien que très vite, je suis obligée d'emprunter les transports en commun, puisque je n'ai plus les moyens de mettre de l'essence dans ma voiture. C'est un mode de transport vraiment pénible, surtout pour moi qui n'utilise quasi exclusivement que la voiture pour me déplacer depuis que je me suis mariée.

À force de persévérance, je réussis à décrocher un entretien dans une société d'import-export. Je postule en tant que secrétaire-réceptionniste.

Pour le rendez-vous, j'apporte, comme à l'accoutumée, le plus grand soin à ma toilette. Mon choix se porte sur un tailleur cintré dont le bleu contraste avec le blanc de mon chemisier. Je porte de petits escarpins à talons aiguilles moyens, assortis à mon tailleur. Un foulard de soie noué au cou comme le font les hôtesses rehausse mon allure déjà impeccable. D'une voix intérieure, je me motive.

Je dois mettre toutes les chances de mon côté. Si je dois être refusée, je ne veux pas que ce soit à cause d'une erreur de présentation. Il faut absolument que je fasse bonne impression.

J'arrive trente minutes à l'avance et patiente dans la salle d'attente jusqu'à ce que mon nom retentisse.
- Madame Balu.
- C'est moi.

Une dame, d'une quarantaine d'années, me regarde des pieds à la tête en esquissant un léger sourire. Elle m'invite à la suivre dans son bureau. Elle me prie de me présenter et de lui remettre mon curriculum vitae, mes diplômes et éventuellement mes recommandations. Je lui explique que je n'ai pas eu la chance de faire de longues études, mais que ma curiosité m'a conduite à m'intéresser à beaucoup de choses.

- Je suis passionnée par la lecture, l'histoire, la géographie, l'art. Je suis également très organisée. C'est d'ailleurs la raison pour laquelle je recherche un poste en tant que secrétaire-réceptionniste.

- Votre présentation et votre manière de vous exprimer sont très convaincantes. Votre profil séduira sans nul doute. Par contre, votre manque d'expérience pourrait être un handicap non négligeable pour votre candidature.

Je comprends que je n'aurai pas le poste. Visiblement, cela se lit dans mon regard. Mon interlocutrice tente de me rassurer.

- Vous aurez rapidement une réponse de notre part.

Je prends congé d'elle et sors de l'agence, un peu dépitée, car j'ai compris que c'est une façon très polie de me dire non. Je regarde ma montre, hâte le pas pour me rendre à la gare. Je réussis à attraper le train de dix-huit heures de justesse.

Vingt minutes plus tard, je descends à ma gare et m'engage sur le trottoir arboré qui longe la route principale. Bien que je porte des talons, j'avance à bonne allure, comme pour rattraper le temps qui file à une vitesse folle. Je garde les yeux rivés au sol pour éviter de trébucher sur le trottoir recouvert de pavés.

Arrivée à une cinquantaine de mètres de la maison, je lève les yeux et aperçois les silhouettes sombres assez imposantes de deux hommes qui se trouvent devant l'entrée.

À cette distance, il m'est impossible de les reconnaître.

La clarté du jour commence déjà à baisser. Aussitôt, mon pas ralentit légèrement sans que j'en prenne conscience.

Je suis persuadée que ces messieurs ne sont pas du quartier.

Moi qui suis très physionomiste, j'ai toujours eu une grande facilité à garder en mémoire les détails, même les plus insignifiants. C'est d'ailleurs une des qualités que mon mari m'enviait.

Alors que j'avance, je les scrute tout en essayant de ne pas poser un regard trop insistant sur eux, afin d'éviter qu'ils ne soupçonnent quelque chose. Plus j'avance vers eux, et plus je suis catégorique.

Ce ne sont pas des gens du quartier ! Je ne les ai jamais vus ! Mais qui cherchent-ils ?

Tous deux semblent être non loin de la trentaine. L'un est d'une corpulence assez massive. Il porte un costume gris foncé assez près du corps. Malgré la chaleur, sa veste est boutonnée. Il a l'air légèrement boudiné dans son costume. Il porte des lunettes noires. Le second est pratiquement la photocopie du premier à quelques détails près. Tout d'abord, il semble légèrement plus grand, un mètre quatre-vingt-quinze peut-être. Il porte ses lunettes sur le haut de son front. Un des deux hommes est appuyé sur le muret et l'autre se tient debout face à lui. Ils semblent attendre la venue de quelqu'un.

J'avance toujours. Une fois que je suis à près d'une vingtaine de mètres d'eux, les deux hommes interrompent leur discussion et partent dans le sens opposé.

Zut ! Je n'ai pas pu voir leurs visages. Soit c'est moi qui les ai fait fuir, soit ils en ont eu assez d'attendre. J'aimerais bien savoir qui ils attendaient.

Arrivée au niveau du petit portail, je découvre quelques mégots écrasés au sol et je peste contre les deux squatteurs.

Quelle impolitesse ! Non seulement ils squattent devant ma maison, mais en plus ils laissent traîner leurs mégots. J'espère que c'est la première et la dernière fois que je les vois ces deux gugusses, sinon, je ne les raterai pas la prochaine fois. Je leur collerai la balayette entre les mains pour qu'ils nettoient leurs saletés. Quel manque de respect !

Je compte une dizaine de mégots, ce qui laisse penser que ces deux personnages ont tout de même attendu un bon moment. Je me dis qu'ils attendaient peut-être un de leurs amis et qu'ils se sont découragés juste au moment de mon arrivée et qu'il n'y a pas lieu de s'inquiéter.

Dès que je pousse la porte de la maison, la première chose que je fais est d'ôter mes chaussures. Je n'ai pas l'habitude de marcher autant avec des talons. Garder les escarpins toute la journée est un vrai calvaire. Je ne sens pratiquement plus mes pieds. Le répit est de très courte durée. Le calme qui règne dans la maison est tout à coup interrompu par le cri de Ben, qui sort de sa chambre en courant et se jette dans mes bras.

- Maman !

Hugo et Léa nous rejoignent dans l'entrée.

- Comment s'est passée votre journée ? Avez-vous fini vos devoirs ?

- Presque, répond Léa.

Je les renvoie donc tous à l'étude. Ils ne bronchent pas. Ils connaissent bien les règles de la maison et savent que je ne fléchis jamais pour ce qui est des devoirs.

En scrutant la maison, mon regard s'arrête sur la pile de courrier que j'ai laissée en évidence pour ne pas l'oublier. Je prends une grande inspiration et continue dans la salle de bains pour me doucher et me changer rapidement avant de mettre le repas à cuire. Prévoyante, j'ai pris le soin de tout préparer la veille, car je sais que mes heures sont comptées. Au menu, un mélange de pommes de terre et de haricot agrémenté d'un os à moelle pour en rehausser le goût.

Quelques minutes plus tard, le repas est prêt et les enfants ont terminé leurs devoirs. Nous soupons sans nous éterniser. Cela fait déjà quelques jours qu'il n'y a plus de dessert, ce qui écourte d'autant le repas. Je constate que les enfants ont compris que je faisais déjà tout ce que je pouvais pour garder la tête hors de l'eau. Dès lors, ils essayent du mieux qu'ils peuvent de ne pas me heurter en évitant de me faire remarquer que le repas ne suffit pas à calmer leur faim.

Cependant, certains soirs, Ben réclame un fruit, un dessert... qu'il prend le temps de savourer lorsqu'ils sont au menu. Comme les autres soirs, nous faisons notre rituel de la prière du soir avant de nous coucher.

Mais, pour moi, la soirée est encore loin d'être terminée. Je finis de ranger la maison avant de m'attaquer à ce que je déteste le plus : la paperasse.

J'attrape la pile de courriers, constituée au fil des jours en empilant les enveloppes récupérées de la boîte aux lettres, et m'installe dans le bureau de Marc. Je porte mes mains au niveau de mes tempes, baisse la tête et reste immobile un instant. Mon esprit virevolte dans tous les sens. J'ai beau réfléchir à la situation et à retourner le problème dans tous les sens, je ne parviens pas à trouver la réponse à cette question qui me martèle la tête :

Comment s'en sortir ? Comment s'en sortir ?

Je sais bien que ce n'est pas en adoptant la politique de l'autruche que les choses vont aller mieux. Je prends une grande inspiration, et me mets à ouvrir tous les courriers, en les classant au fur et à mesure. Les factures sont loin de manquer : loyer, électricité, assurance de la maison et de la voiture, abonnement pour le club de sport… Je prends conscience de la gravité de la situation, plus que précaire.

Si je veux m'en sortir, il n'y a pas trente-six mille solutions. Le déménagement s'impose.

Maga Sud

Sept mois après la mort de Marc, nous sommes obligés de quitter Maga Nord ; la vie y est trop chère pour nous. Les déménageurs que j'ai embauchés ont déjà sorti les meubles de la maison et les chargent dans la camionnette pendant qu'à l'intérieur, tout le monde s'active pour rassembler les affaires.

Cette maison, dont le calme était constamment troublé par des cris d'enfants, des rires, des bruits de pas, est devenue désespérément silencieuse.

En traversant le couloir, j'aperçois Hugo, immobile, debout au milieu de sa chambre.

Que peut-il être en train de vivre ? Cette situation lui est incompréhensible. Il n'a jamais pensé qu'un jour, il quitterait cette demeure, ce nid protecteur dans lequel il a grandi, fait ses premiers pas, fait les « quatre cents coups ».

Les yeux humides, son regard parcourt sa chambre et s'arrête sur les affiches de son héros préféré, Bruce Lee. Je vois son regard qui se trouble. Une larme perce et coule sur sa joue. Non sans mal, il détache soigneusement les affiches de son idole, les plie et les pose sur ses genoux alors qu'il s'agenouille au sol, devant le carton qu'il remplit de ces derniers. Son regard s'attarde sur un coin de la pièce pendant plusieurs minutes. Il semble plongé dans ses pensées.

Je m'avance et frappe doucement à sa porte.
- Hugo, puis-je entrer ?
- Oui Maman, répond-il en sursautant. Tu m'as interrompu dans mes pensées.

Il s'arrête un instant, fixe à nouveau le même coin tout en serrant les dents et en secouant la tête. Puis, il continue.
- En regardant le cadran de cette porte, je me souviens de chacune des marques que Papa y avait creusées avec son couteau suisse au fil des années.
- Oui mon chéri. La première avait été faite à tes deux ans. Tu mesurais alors quatre-vingt-quinze centimètres. Tu étais trop jeune pour t'en souvenir.
- Oui Maman. Tu m'avais détaillé la scène et j'en ai un souvenir bien précis. Tu m'avais dit que papa, avec grande fierté, m'avait demandé de me tenir debout et de ne surtout pas bouger pendant qu'il me mesurait et que

si j'y parvenais, alors j'aurais droit à mon dessert préféré : de la charlotte au chocolat.

- Cela avait suffi pour que tu t'immobilises bien plus longtemps que nécessaire, tant tu tenais à ta récompense. Ton père et moi avions même dû nous fâcher pour que tu bouges.

- Pardon Maman !

- Ce n'est pas grave, mon fils ! Nous en avons d'ailleurs ri pendant très longtemps. À chaque anniversaire, le rituel se renouvelait. Sauf qu'à partir de trois ans, tu pouvais en garder chaque détail en mémoire.

- Maman, j'en ai conservé tous les détails en mémoire. C'était devenu un moment précieux pour moi, et je crois que pour papa aussi. Nous nous sentions seuls au monde. Il me manque, Maman.

Je le prends dans mes bras et le réconforte.

- Maman, ce moment de complicité avec papa nous appartenait. Mais maintenant, rien ne sera plus comme avant.

- Je sais mon fils, mais on va s'en sortir, tous ensemble.

Je lui fais à nouveau un gros câlin.

- Je peux te laisser terminer, Hugo ?

- Oui Maman.

Je sors tout en espérant qu'Hugo a bien conscience que son père n'est plus là et que je ne peux plus subvenir seule aux besoins de la famille.

Il faut partir. Partir pour survivre. S'installer dans la partie sud de l'île où les loyers sont moins chers. Il faut tout ramasser, tout, y compris les vieux habits qui, jadis, étaient destinés aux dons.

Quelques instants plus tard.
- Les enfants, ça y est ? Est-ce que vous avez rassemblé toutes vos affaires ? Nous avons une longue route devant nous et je voudrais qu'on arrive avant la tombée de la nuit !
- J'ai presque fini, Maman, crie Hugo, qui a visiblement retrouvé le moral. J'ai encore deux ou trois bricoles à caser dans mes valises et c'est bon ! Cinq petites minutes !
- Léa, Ben. Où en êtes-vous ?
- On a terminé et tout est rassemblé dans l'entrée, crie Ben.
- Bien. Il est dix heures. On devrait pouvoir se mettre en route vers dix heures trente. C'est parfait. Quelle équipe, les enfants ! J'ai bien fait de vous embaucher !
Nous chargeons rapidement mon véhicule.

Après un dernier tour d'inspection de toutes les pièces, je me dirige vers l'entrée, sors et claque la porte, laissant derrière moi une maison vide. Je marque un moment d'hésitation avant d'accélérer le pas sans me retourner, de peur d'être envahie par les émotions devant mes enfants qui m'attendent sur le trottoir.

Mes plus belles années de vie sont-elles derrière moi ?

Une fois dans la voiture, je lance un dernier coup d'œil en direction de la maison en signe d'adieu. Puis, je démarre, suivie de très près par la camionnette des déménageurs. Le convoi entame sa route vers l'autre côté de l'île. Les enfants, silencieux, regardent défiler le paysage comme s'ils voulaient s'en imprégner une dernière fois pour emporter avec eux le maximum de souvenirs.

Très vite, les rues bourgeoises du quartier, leurs trottoirs peints dont le blanc contraste avec le vert des pelouses fraîchement taillées, disparaissent derrière nous pour laisser place à la route principale qui nous mène jusqu'au pont.

Il nous a fallu près d'une heure pour parcourir ce premier tronçon.

A présent, le sud de l'île nous tend les bras depuis le pied du pont du côté nord.

Le convoi s'engage. Le paysage est magnifique. Le soleil rayonnant se reflète par endroits dans l'eau dont la couleur sombre laisse imaginer la profondeur du fleuve. La traversée du pont ne dure guère plus de cinq minutes. Nous sommes tous tendus. Nous savons que nous allons bientôt passer devant le lieu de l'accident qui a bouleversé nos vies à jamais. J'ai beaucoup de peine à gérer mes émotions. Je sens les larmes monter aux yeux et j'ai de plus en plus chaud. Mes mains moites se crispent sur le volant. C'est la première fois que je passe à cet endroit depuis le rapport d'enquête qui a conclu à un accident, suite à un excès de vitesse.

Malgré moi, j'essaye de reconstituer l'événement tragique. Tout en me rappelant les détails que l'inspecteur m'avait indiqués, je scrute l'état de la route, les bordures, mais je ne trouve rien qui aurait pu provoquer la sortie de route de mon mari. Cette route que Marc avait empruntée le jour de son accident tragique est peut-être sinueuse par endroits, mais pas particulièrement à ce niveau. En outre, même si Marc aimait conduire vite quand il était jeune, il était devenu très raisonnable, en particulier à compter de la naissance de Léa. Son maître mot était de donner l'exemple en toutes circonstances, même s'il était seul. Il est donc impensable qu'il ait fait un excès de vitesse.

Je roule pratiquement au pas afin de ne manquer aucun détail qui puisse me permettre de comprendre ce qui s'est passé. Une fois la zone de l'accident franchie, j'accélère légèrement la cadence. Brusquement, le véhicule est secoué en roulant dans un énorme nid-de-poule. C'est ainsi que nous nous rendons compte que nous avons atteint la borne numéro cent et qu'à compter de celle-ci, l'état de la route va vraiment empirer.

Nous ne nous sommes pas trompés. Plus nous avançons sur la route, et plus les secousses redoublent, nous forçant ainsi à réduire notre allure, pour ne pas risquer que le convoi se renverse. Après avoir parcouru une dizaine de kilomètres, le pavement de la route devient pratiquement inexistant. On peut deviner çà et là des restes de goudron qui rappellent que cet axe avait été bitumé il y a bien longtemps. Excédée, je me mets à pester.

- Mais que fait notre gouvernement de tous les impôts qu'il ponctionne ? Au lieu d'organiser des cocktails, nos politiques devraient plutôt s'occuper de l'état des infrastructures. Quelle honte ! Une journée entière pour faire cent malheureux kilomètres ! C'est scandaleux !

- Ce genre de remarque est digne de personnes qui ont toujours eu la vie facile, rétorque Léa. Les pauvres, eux, ne voient même plus les trous dans la route. Ils savent pertinemment que les politiques n'ont rien à faire d'eux et qu'ils n'investiront jamais d'argent pour leur faciliter la vie. En plus, ça arrange bien les politiques que les pauvres ne puissent pas arriver au nord de l'île. Comme ça, chacun reste chez soi.

Je trouve le raisonnement de ma fille sensé et ne sais quoi dire.

C'est vrai que moi-même, je ne me suis jamais souciée de ce genre de problème. Je n'y ai jamais été confrontée jusque-là.

Les infrastructures de Maga Nord sont en bon état et bien entretenues. Et pour cause, c'est le poumon économique de l'île. Les sociétés y ont leurs sièges, le climat y est plus agréable qu'au sud... Je continue pourtant à pester à chaque bosse qui nous secoue.

L'ennui du trajet est tellement pesant que les enfants finissent par inventer un nouveau jeu : compter les trous sur la route. Au comptage se mêlent peu à peu leurs rires, ce qui décrispe l'atmosphère. Puis ils racontent des devinettes tour à tour jusqu'à en épuiser leur stock. Le temps semble s'être suspendu. Nous sommes tous impatients d'arriver.

Au bout de deux heures de route, nous amorçons la descente sinueuse vers le centre urbain de Maga Sud. Puis, levant les yeux vers l'horizon, nous commençons à apercevoir de petits commerces de quartier. Ils n'ont rien à voir avec ceux que nous avons l'habitude d'observer au nord de l'île. Leurs devantures délabrées et poussiéreuses sont pratiquement vides et ne présentent que des cageots à moitié vides contenant quelques fruits et légumes flétris par la chaleur. L'hygiène ne semble pas être la première préoccupation.

Le convoi arrive à un embranchement et prend la voie de droite. De là, on peut déjà apercevoir la forme de grands immeubles de part et d'autre de la route. Ils sont tous construits sur le même modèle. Au fur et à mesure que nous avançons, les immeubles révèlent leurs tailles gigantesques.

Combien d'étages cela peut-il bien représenter ? Vingt ? Trente ? Quarante ?

Ils forment un bloc immense, de forme rectangulaire. Leurs façades sont décrépies et des coulures noires laissent deviner un entretien inexistant. De la route, on peut apercevoir des vêtements mis à sécher sur les balcons, qui servent aussi de débarras à vélo. Devant ce spectacle déplaisant, les enfants restent silencieux. Leurs mines déconfites laissent deviner le désarroi dans lequel chacun est plongé. Cela ne fait plus de doute, nous sommes bel et bien à Maga Sud, le côté des pauvres, comme on l'appelle communément.

Le convoi continue son avancée à grand-peine. Peu de temps après, nous bifurquons sur la droite pour nous engouffrer dans une petite route bordée d'immeubles disposés en quinconce. Au bout de cinq cents mètres, le convoi s'immobilise. Chacun retient son souffle tout en observant le nouvel environnement.

Je descends la première, faisant mine de garder mon assurance et invite les enfants à me suivre. Je vois bien à leur attitude qu'ils étaient à mille lieues de s'imaginer qu'un jour, ils seraient obligés de vivre dans un tel quartier. Les beaux jardins verts impeccablement entretenus ont laissé place à des trottoirs en béton dégradés. Le seul point vert que l'on peut apercevoir est un terrain vague situé à une centaine de mètres, qui sert d'aire de jeu aux jeunes désœuvrés du quartier.

L'installation dans le nouvel appartement ne se fait pas sans heurts. Hugo, l'aîné des garçons est le premier à se plaindre, dépité à l'idée de devoir partager sa chambre avec son frère.

- Ce n'est pas juste ! Me lance-t-il. Non seulement on est dans un quartier pourri, mais en plus je dois partager ma chambre avec Ben. Tu nous avais dit qu'on devrait faire chambre commune, mais j'étais loin d'imaginer qu'elle serait aussi petite que ça. C'est beaucoup trop petit pour nous deux ! Où allons-nous caser toutes nos affaires ? Elles n'entreront jamais ! Et en plus, Ben est insupportable !

Cette remarque a, en moi, l'effet d'un couteau planté en plein cœur, mais je me ravise de répondre.

Et d'ailleurs, que puis-je répondre ? Je n'ai pas le choix. Moi, qui n'ai jamais travaillé et qui ai consacré ma vie à m'occuper de mon foyer, il m'aurait été impossible de régler les loyers de notre ancienne maison. Tout ce que je peux offrir à mes enfants, c'est cet appartement de quarante mètres carrés au beau milieu d'une cité dans un quartier que je déteste par-dessus tout.

Léa, elle, ne dit rien, comme si elle ne ressentait que trop bien mon malaise et celui de ses frères. Pourtant, elle pourrait exploser, crier haut et fort à qui veut l'entendre, qu'elle veut qu'on lui ramène son papa et que tout redevienne comme avant. Faisant preuve d'une grande maturité, elle garde le silence et commence à installer ses affaires dans la seconde chambre qu'elle partage avec moi.

- De quel côté te couches-tu, Maman ?

Comme si je voulais soulager ma peine, je la laisse choisir son côté du lit.

- Lequel veux-tu, ma grande ?
- Si tu es d'accord, je prendrai celui qui est proche de la fenêtre.
- Léa, tu es adorable. C'est gentil de ta part de me demander. L'autre côté me va très bien. Et en plus, je serai près de la porte et pourrai aller et venir sans te gêner.

Léa adore flâner et observer les étoiles la nuit tombée. Cette passion lui vient de son père. Souvent, en saison sèche, toute la famille restait dans le jardin et observait le ciel, devinant les constellations, essayant de repérer une étoile filante. À mon avis, elle espère ainsi secrètement, revivre ces moments révolus.

Les garçons décident finalement de tracer une ligne imaginaire dans la chambre, marquant ainsi leurs territoires respectifs. Ben choisit le côté donnant vers la porte de la chambre tandis que Hugo hérite de la partie proche de la fenêtre. Tant bien que mal, chacun parvient à ranger ses affaires.

Le soir arrive. Pour le souper, je prépare du gâteau au maïs, un des plats préférés des enfants. Nous n'en faisons qu'une bouchée de notre repas.

- Vivement que je me couche, déclare Ben pour détendre l'atmosphère. Je n'ai plus de force et j'ai l'impression d'être passé dans une lessiveuse.

- À qui le dis-tu ! Rétorque Léa. Je dirais même que j'ai l'impression d'être passée dans une lessiveuse, puis dans une centrifugeuse !

- Je n'ai jamais vu autant de nids-de-poule concentrés sur une route de toute ma vie, fait remarquer Hugo et je n'ai jamais parcouru si peu de kilomètres en autant de temps. Aujourd'hui, nous avons battu des records.

- Quant à moi, j'ai épuisé tout mon stock de blagues en un trajet. Et pourtant, j'en connais beaucoup ! Ça, c'est du record ! Dis-je en pouffant de rire.

Nous éclatons de rire.

Les langues se délient petit à petit et chacun laisse ainsi derrière lui la frustration que la journée nous a réservée.

Avant d'aller au lit, je rassemble les enfants dans la chambre des garçons afin de les rassurer.

- Léa, Ben, Hugo. Je sais que la situation est loin d'être facile, mais sachez que je serai toujours là pour vous, quoi qu'il arrive. Votre père nous a quittés, mais je sais qu'il continue de veiller sur nous de là où il est. Lorsque je sens que je n'arrive plus à avancer, je ferme les yeux et fais une prière. Très souvent, il m'arrive de parler à votre père. Et si je me concentre assez, j'arrive à entendre ses réponses. Alors, j'aimerais que nous fassions une prière ensemble chaque soir, pour demander au Bon Dieu et à votre père de veiller sur nous.

Debout autour du lit, nous nous donnons la main et récitons le Notre Père. À la fin, je prends la parole.

- Mon chéri. Je sais que tu m'entends. Depuis que tu n'es plus parmi nous, j'ai continué à te parler chaque jour dans ces moments très difficiles et tu m'as toujours montré le chemin. Continue de veiller sur nous et aide-moi à faire les bons choix pour nos enfants. On t'aime plus que tout au monde.

Je marque une pause et demande aux enfants si l'un d'eux veut dire quelque chose, ou tout simplement chanter. Ils restent silencieux. Je respecte leur choix, car même pour moi, l'exercice n'est pas facile. Ma gorge est serrée à chacun des mots que je prononce, mais je veux leur montrer qu'il n'y a pas de honte à montrer ses faiblesses et que c'est ensemble, en famille, que l'on peut vaincre les pires moments. Je suis certes la seule à m'exprimer cette première fois, mais peu importe, puisque nous sommes tous réunis. Il faut simplement laisser à chacun le temps de prendre ses marques et de digérer les nouvelles conditions de vie.

Mama Bertha

Bien que notre situation soit toujours compliquée, une certaine routine a fini par s'installer dans notre quotidien. Tandis que les enfants vont à leur nouveau collège, je m'occupe de la recherche d'emploi. Jusqu'à présent, elle n'a pas encore été fructueuse, et pourtant j'y mets toutes mes forces. Je ne suis malheureusement pas sûre que mon assistante sociale comprenne que ce n'est pas par manque de volonté de ma part. Très tôt le matin, au moment où je prépare le déjeuner pour les enfants, j'appréhende le rendez-vous que j'ai avec elle en milieu de matinée. Je dois absolument tout faire pour qu'elle m'accorde encore un peu de temps.

Avant de partir à l'école, les enfants m'encouragent et me donnent un baiser spécial pour me porter chance. Je suis touchée. Ils ont compris que c'était important pour moi et capital pour toute la famille. Quelques minutes après eux, je sors de la maison et me rends à la gare. Une fois sur le quai, je sens la nervosité monter. J'ajuste mon chemisier et ma jupe et passe la main dans mes cheveux afin de m'assurer que mon chignon est toujours en place et que mes cheveux sont bien tirés en arrière. Je veux apparaître sous mon meilleur jour. Pour me donner bonne mine, je ressors ma trousse à maquillage afin de rehausser légèrement mon teint pâle et fatigué. J'ai même pris le temps de me mettre du vernis sur les ongles, chose que j'ai cessé de faire depuis que nous avons déménagé.

Alors que je répète intérieurement les phrases que je compte prononcer lors de l'entretien, une dame m'aborde :

- Bonjour Madame. Vous êtes bien élégante.

Je lève la tête et vois une dame grande et assez corpulente.

- Bonjour. Je vous remercie pour ce compliment.

À peine ai-je fini ma phrase, que le train entre en gare à l'heure prévue. Ce n'est pas courant de voir un train ponctuel dans Maga Sud.

C'est probablement mon jour de chance aujourd'hui.

Je monte la première, suivie par la grande dame. Nous nous dirigeons vers deux places qui sont face à face. Une fois installée, la grande dame pousse un soupir et s'adresse à moi :

- Dites-moi si je me trompe, mais j'ai l'impression que vous n'avez pas l'habitude de prendre ce train. Vous aviez l'air un peu perdue tout à l'heure sur le quai et bien pensive. Je devine que vous avez certainement en rendez-vous professionnel.

Je la regarde. Avant même que je ne dise un mot, la grande dame m'interrompt :
- Veuillez m'excuser. Je ne me suis même pas présentée. Je me nomme Bertha. Mes amis me disent toujours que je parle beaucoup trop et que j'importune les gens. Vous n'êtes pas obligée de me répondre, vous savez !
Je réfléchis quelques secondes et décide de ne pas lui donner les vraies raisons de mon déplacement.
- Bonjour, moi, c'est Jennifer. Cela ne me dérange pas. Vous avez bien deviné, je vais à un entretien en ville. Je suis un peu nerveuse.
La grande dame me rassure.
- Votre tenue est vraiment élégante et vous n'aurez aucun mal à faire bonne impression.

Nous parlons de tout et de rien durant le trajet comme si l'on se connaissait depuis longtemps. Je lui parle également des enfants et elle semble comprendre la situation difficile dans laquelle je suis. Au bout de cinq stations, Bertha arrive à destination. Avant de prendre congé, elle me tend une carte de visite.
- Appelez-moi si besoin. Je me ferai une joie de vous aider pour un travail de dépannage, si cela vous

intéresse. Sans argent, vous ne pouvez pas aller loin avec l'éducation des enfants. Ah ! J'oubliais ! Bonne chance pour votre rendez-vous.

- Je vous remercie. Bonne journée à vous.

Elle descend et continue à me faire signe de la main depuis le quai jusqu'au moment où le train repart. Sur la carte de visite, il est écrit : « Chez Mama Bertha ». Je la range dans le livre que j'avais pris pour me distraire durant mon trajet en me disant qu'elle pourra toujours me servir si mes difficultés s'accentuent.

Deux stations plus loin, je descends du train et prends quelques minutes pour lire le plan du quartier qui est affiché à la sortie. Une fois rassurée, je prends l'axe principal à pied, puis je tourne à droite à la seconde intersection. Après quelques pas, j'arrive au numéro trente : c'est le service social. Je prends une profonde inspiration avant de pousser la grande porte vitrée de l'immeuble. Je passe un patio et me dirige jusqu'à l'accueil.

- Bonjour Madame,
- Bonjour, que puis-je faire pour vous ? Me demande l'hôtesse.
- Je suis Madame Balu Jennifer. J'ai rendez-vous avec l'assistante sociale, Madame Beaugard.
- Oui, Madame. C'est effectivement cela, dit l'hôtesse après avoir consulté son ordinateur. Vous êtes un peu en avance, mais je vais la prévenir de votre

arrivée. Vous pouvez vous installer dans la salle d'attente, juste à votre gauche.

Je la remercie et prends place sur une des rares chaises encore libres. Très rapidement, je me perds dans mes pensées. Au bout de trente minutes, je sursaute lorsque l'assistante sociale appelle mon nom.
- Bonjour Madame Balu, comment allez-vous ?
- Ça va un peu mieux, Madame Beaugard.
- Et vos enfants, ils vont bien ?
- Très bien. Ils s'habituent plus ou moins à notre nouvel environnement.
- Notre dernier rendez-vous remonte à trois mois si je ne me trompe pas.
- C'est exactement cela.

L'assistante sociale feuillette mon dossier qu'elle a en main, tout en discutant et en longeant le couloir qui dessert différents bureaux. Arrivée dans son bureau, elle m'invite à prendre place, ferme la porte et s'installe sur sa chaise.

Elle esquisse un bref sourire, le regard toujours rivé sur mon dossier. Son index s'arrête sur le dernier compte rendu.
- Oui, c'est bien cela. Trois mois. Je vous avais demandé de m'apporter vos relevés bancaires et vos factures afin que l'on puisse établir un tableau de bord. Est-ce que vous avez ces documents avec vous ?
- Oui. Tout est là.

Tout en m'expliquant la manière de procéder, elle consulte mes relevés de compte. Pendant ce temps, je classe les factures par catégorie et par ordre chronologique.

- Bien ! Bien ! Bien ! Je vois que vous avez fait un gros effort pour maîtriser vos dépenses. Toutes vos sorties d'argent concernent des factures importantes comme le loyer, la nourriture, le transport, l'école des enfants. Bon. Voyons les factures.

Elle les passe en revue et remplit en même temps un tableau. Au bout de dix minutes, elle pousse un long soupir, pose son crayon et lève la tête pour s'adresser à moi.

- Bon. J'ai essayé de dresser un tableau de bord qui vous permettra de faire face à vos factures prioritaires, c'est-à-dire loyer, électricité, nourriture. Vous avez des impayés d'électricité de votre ancienne maison qu'il faudra absolument rattraper pour éviter de vous retrouver dans la liste rouge. Idem pour l'eau. Nous essaierons de trouver un accord avec la compagnie d'électricité et d'eau pour que vous puissiez les payer en plusieurs fois. Si l'on arrive à régler cette partie, ce sera déjà bien. Les crédits que vous avez pris pour votre déménagement sont encore à rembourser. Et c'est là que ça se complique. Votre pension ne suffira pas à tout couvrir et il faudrait absolument trouver une source de revenus complémentaire. Votre budget nourriture est déjà très réduit. Où en êtes-vous dans votre recherche d'emploi ?

Je lui présente mon dossier dans lequel se trouve l'ensemble de mes courriers de candidature. Pratiquement tous ont reçu une réponse négative avant même que j'aie eu le temps de me présenter pour un entretien. Et quand je réussissais à en décrocher un, il se soldait toujours par une réponse négative. Sur les trois derniers mois, j'ai envoyé plus de cinquante courriers. Et c'est sans compter les emplois pour lesquels je me suis directement présentée.

L'assistante sociale consulte attentivement mon dossier. Je remarque qu'elle pince régulièrement ses lèvres tout en haussant de temps en temps les sourcils. Elle semble chercher ses mots. Soudain, elle referme le dossier et pose son regard sur moi :
- Je vois que vous faites des efforts, mais il va falloir en redoubler. Il faudrait vraiment que vous puissiez trouver un emploi, sinon votre situation va se dégrader davantage. Dans ce cas, j'ai bien peur que vos enfants vous soient retirés. Je ne pourrai pas fermer les yeux et laisser des enfants évoluer dans un foyer sans eau, ni électricité… avec à peine de quoi se nourrir. Vous comprenez ?

Je commence à trembler de peur et de rage. Bien que bouleversée, je retiens mes émotions tant bien que mal pour ne pas éclater en sanglots, mais ma voix chevrotante me trahit.

- Que vais-je devenir si vous m'enlevez mes enfants ? Je viens de perdre mon mari, je ne trouve pas de travail et pourtant je fais tout pour m'en sortir.

L'assistante sociale, compatissante, me regarde d'un air quelque peu attendri.

- Madame, je vous propose de nous rencontrer dans un mois, en espérant que votre situation aura changé d'ici là. Ne relâchez pas vos efforts. Cela finira bien par payer.

Nous nous accordons sur la date du prochain rendez-vous et je prends congé d'elle. Il ne me reste plus qu'un mois pour réussir à faire ce que je pensais pouvoir réaliser haut la main : trouver du travail. Force est de constater que jusque-là, mon bilan est loin d'être élogieux. Je comprends que ma conception des choses est vraiment loin de la réalité.

Il faut vivre les choses et éviter de tirer des conclusions hâtives.

Mes préjugés, notamment sur les pauvres, s'effritent les uns après les autres. Il est clair que l'on n'a rien sans rien, mais la réalité fait que parfois, même avec la meilleure volonté du monde, il peut être facile de baisser les bras et de renoncer tant les choses peuvent nous paraître inaccessibles.

Jennifer, n'abandonne pas ! Tout n'est pas encore perdu.

Arrivée à la maison, je retire mes chaussures, jette mon sac à main sur la table, file dans ma chambre et commence à fouiller mes affaires en pestant.

Ce n'est vraiment plus possible. Je ne retrouve plus rien dans ce chantier sans nom. Il faut vraiment que je me reprenne. À force d'empiler les papiers au lieu de les classer directement, je ne m'y retrouve plus.
Mais, où est-ce que je l'ai mise ? Je ne l'ai quand même pas perdue. Pitié ! Il ne manquerait plus que ça.

Après une bonne vingtaine de minutes, je trouve enfin ce que je cherchais : la carte de visite de Bertha. Je me suis rappelé que je l'avais glissée dans mon livre lorsque nous nous sommes séparées.

J'attrape mon téléphone et compose le numéro inscrit sur la carte. Je sens mon cœur battre de plus en plus fort. Je ressens un peu de honte et de gêne à faire appel à une personne que je n'ai connue que le temps d'un court trajet de train, mais je dois absolument trouver un travail.

La sonnerie du téléphone retentit. Au bout de quatre sonneries, je tombe sur le répondeur : « Très cher client. Je suis ravie que vous souhaitiez louer les services de Mama Bertha. Notre établissement est fermé pour l'instant, mais renouvelez votre appel à partir de dix-huit heures. Une de nos hôtesses se fera un plaisir de vous répondre. À très bientôt ! »

Perplexe, je raccroche sans même laisser de message. L'enregistrement que j'ai entendu m'a donné l'impression d'être tombée dans un lupanar ou quelque chose de ce genre.

Mais cela ne peut pas être possible ! J'espère que le travail de dépannage que me propose Mama Bertha n'est pas pour faire ce type de chose ! A-t-elle bien compris que je suis une mère de famille ?

Je décide de composer encore une fois le numéro de téléphone et prête davantage attention au message.

Étrange ! Je rappellerai tout à l'heure. Je verrai bien ce qu'on me répondra.

L'après-midi s'écoule et les enfants rentrent de l'école. Comme à l'accoutumée, ils se concentrent sur leurs devoirs. Peu après vingt heures, nous nous mettons à table pour dîner et pour raconter nos journées respectives. Les enfants ne tardent pas à réciter leur prière avant de plonger dans leurs lits, exténués.

Je termine de ranger l'appartement. À vingt et une heures trente, au moment où je m'apprête à aller me coucher, je me rends compte que j'ai oublié de rappeler Mama Bertha.

Ah ! Flûte ! Quelle tête de linotte ! J'aurais dû laisser un message afin qu'elle sache que c'est moi qui ai appelé ! Bon tant pis. Je l'appellerai demain. Il est déjà tard maintenant.

Je vais dans la chambre et avant même que je ne saute dans le lit, mon téléphone se met à vibrer. Je reconnais le numéro entrant et décroche. C'est celui que j'ai composé pour joindre Bertha.

- Bonsoir. C'est Bertha. À qui ai-je l'honneur ?
- Jennifer.
- Ah Jennifer ! C'est bien toi ? Tu permets que je te tutoie ?
- Bonsoir Bertha, murmuré-je en sortant de la chambre pour ne pas réveiller Léa. C'est bien Jennifer. Comment ça va depuis ce matin ?
- Bien, merci. Et toi, comment vas-tu ? Et les enfants ?
- Oh, ça pourrait aller mieux. Les enfants dorment déjà. Ils ont eu une dure journée aujourd'hui. Après avoir mangé, ils sont tout de suite allés se coucher. D'ailleurs, je m'apprêtais à aller au lit moi aussi, quand tu as appelé.
- Tu as essayé de me joindre…
- Oui. Je t'ai appelée parce que je voulais avoir plus de précisions sur le travail de dépannage que tu voulais me proposer. Est-ce que la proposition tient toujours ?
- Oui, je n'ai pas changé d'avis.
- Est-ce qu'il serait possible qu'on se rencontre pour en parler ?
- Bien sûr, sans problème ! Je pourrai trouver du temps pour toi. Disons demain, vers dix-sept heures

dans mon bar. Ce sera bien avant l'ouverture. Ça me laissera le temps de tout installer et de t'expliquer le boulot au calme. Est-ce que ça te va ? L'adresse est sur la carte de visite que je t'ai donnée. J'espère que tu ne l'as pas perdue.

- Non, j'ai toujours la carte. C'est parfait. À demain, Bertha.

Le lendemain, je me rends à l'adresse qui figure sur la carte de visite. Le trajet n'est pas très long. Un seul bus suffit pour y arriver, ce qui est plutôt pratique pour moi si je dois y travailler. J'arrive au lieu du rendez-vous juste à l'heure. Le portail principal étant grand ouvert, j'y pénètre sans frapper. Une femme fait le nettoyage au fond d'une petite cour tandis que sur la gauche, un livreur décharge des caisses de boissons et les empile sur un transpalette.

J'avance et m'adresse à la femme de ménage.
- Bonjour Madame. Je cherche Bertha.
- Bonjour. Mama Bertha est à l'intérieur. Elle s'occupe de la livraison de boissons. Entrez ! Allez tout au fond à gauche.

Je passe le seuil de la porte et jette un coup d'œil à l'intérieur de l'établissement. Le hall d'entrée est assez sombre et fait plutôt penser à un sas. Une lumière tamisée éclaire cet espace réduit, dont les murs sont recouverts de rideaux roses. Il faut franchir une seconde porte. Je la pousse et je me retrouve devant une immense pièce. De l'entrée, on distingue à peine le fond de la salle où se trouve le bar.

L'éclairage est aussi tamisé. La salle est compartimentée sur la droite par des rangées de fauteuils placés en cercle autour de tables basses, qui semblent former des cocons dans lesquels les cercles d'amis peuvent se retrouver dans un semblant d'intimité. Des paravents sont placés çà et là en guise de cloison.

J'avance tout droit vers le bar et le contourne afin d'atteindre la remise qui accueille la livraison de boissons. J'entends la voix de Bertha qui crie au livreur d'accélérer la cadence. Bertha me remarque.

- Ah ! Jennifer ! Enfin, te voilà ! Je suis très contente de te voir.

- Moi aussi.

Bertha me demande de lui laisser quelques minutes pour donner les consignes au livreur. Ensuite, nous quittons la remise et contournons le bar pour nous asseoir dans des fauteuils dans un coin de la salle.

- Bon, voici mon bar. Il est agréable, n'est-ce pas ?

- Oui, plutôt. À dire vrai, je ne m'attendais pas à une ambiance si feutrée. Je m'attendais plutôt à une ambiance plus vivante comme on les connaît dans les bars classiques.

- Oui, je comprends que tu sois un peu surprise. Mais rassure-toi. Rien d'illégal ne se fait dans ce bar. Mes clients recherchent le calme et l'intimité qu'ils ne trouvent pas ailleurs. Ils préfèrent donc payer plus cher pour des prestations sur mesure. Tu sais, les clients que je reçois sont des personnes de bonne famille ou de hautes personnalités de Maga, qui ne souhaitent pas forcément être vues dans les bars classiques, comme tu les nommes. Alors en venant ici, ils peuvent s'octroyer une soirée de détente en restant dans l'anonymat. D'où cette configuration de salons cloisonnés. Ils viennent se détendre, prendre un verre et discuter en toute simplicité.

- Je vois. Tu sais, je n'ai jamais travaillé en tant que serveuse.

- Ne t'inquiète pas ! Tu apprendras vite. En plus, le travail n'est vraiment pas difficile. Tu n'auras qu'à prendre les commandes des clients et à les servir. Tu ne serais pas seule au début. Une hôtesse te formera sur le tas. Quand je t'ai vue et tu m'as parlé de tes difficultés, je me suis dit que ça pourrait t'aider. J'ai aussi pensé à toi parce que tu t'exprimes très bien, tu es cultivée et c'est très agréable de discuter avec toi. C'est exactement ce qu'une partie de mes clients recherche. Certains viennent seuls et apprécient la compagnie de mes hôtesses avec lesquelles ils peuvent discuter loin de tout leur cérémonial quotidien de la haute société. Ils viennent tout simplement se détendre et se vider la tête.

- Et pour ce qui est de la tenue. Est-ce qu'elle est fournie ?

- Oui, elle est fournie. D'ailleurs, il faudra que tu me donnes ta taille. À première vue, tu fais une taille trente-huit. Je ne pense pas avoir d'uniforme de disponible à cette taille.

- Oui, c'est exact. Taille trente-huit. Tu as vraiment le coup d'œil.

- Eh oui ! Avec le temps, j'ai appris à observer. D'ailleurs, j'ai remarqué que ton téléphone n'était pas tout jeune. J'avais beaucoup de difficultés à t'entendre lors de notre dernière conversation. J'ai un téléphone en réserve qui ne me sert plus. Je vais te le donner, comme cela, on pourra s'appeler sans problème.

Bertha va derrière le bar et revient quelques secondes plus tard avec un téléphone portable qu'elle me tend.

- Tiens, le voici. Il fonctionne encore très bien. Ce n'est pas la dernière version, mais il n'est pas très vieux non plus. En tout cas, il n'est pas aussi vieux que le tien, dit-elle en riant.

- Je t'en remercie, dis-je en riant aussi. Je reconnais volontiers que mon téléphone n'est pas tout jeune.

- Tu ne m'as pas interrogée sur ton salaire, indique Bertha. Je te propose de te payer mille cinq cents dollars par mois, sachant que tu peux gagner plus grâce aux pourboires des clients. Ils sont souvent très généreux. Tu devrais donc pouvoir t'en sortir avec environ trois mille dollars par mois.

- Ah oui ! Je ne m'attendais pas à gagner aussi bien pour un boulot de dépannage ! Ça ferait vraiment mes affaires !

- Ce n'est pas parce que je te propose un boulot de dépannage que tu dois être exploitée ! Je t'aide parce que je t'apprécie. En plus, tu en as besoin pour élever tes enfants. Quand tu parles d'eux, on voit qu'ils représentent tout pour toi.

- Merci Bertha. Mais je dois d'abord en parler avec eux avant de m'engager définitivement.

- Oui, je comprends. Il faut bien que vous vous organisiez à la maison. J'attends donc ton appel. Maintenant que tu as un téléphone qui tient la route, je sais que tu me rappelleras, dit Bertha avec humour.

- Merci encore Bertha, pour ta gentillesse. Je t'appellerai demain. Bonne soirée.

- Bonne soirée, ma chérie. À demain.

Je quitte le bar de Bertha, à la fois soulagée d'avoir trouvé un emploi, mais très perturbée. Je n'avais jamais envisagé de travailler en tant que serveuse dans un bar. De plus, je me rends bien compte que ce n'est pas un simple travail de serveuse.

En même temps, quand je considère l'aspect financier de la chose, je me dis que ce travail en vaut tout de même la peine. D'autant plus que c'est un boulot de dépannage et qui me permettra d'éviter qu'on m'enlève la garde de mes enfants. En outre, je profiterai de mes journées libres pour poursuivre mes recherches d'emploi.

Je décide d'en parler aux enfants.

Ils sont aussi concernés par les choix que je dois faire.

Arrivée à la maison, je retrouve Léa, Hugo et Ben, qui viennent de terminer leurs devoirs et dressent la table en m'attendant. Souvent, je me considère comme chanceuse, car ils sont toujours attentionnés.

Lors du repas, Léa, qui a remarqué que je suis un peu préoccupée, me demande :
- Maman, comment s'est passée ta journée ?
- Hmmmmmm ! Aujourd'hui j'ai rencontré une dame que j'ai croisée par hasard dans les transports en commun il y a quelque temps… Elle est très gentille. On avait fait un bout de chemin ensemble et elle m'avait proposé un travail de dépannage. Mais comme c'était un travail de serveuse, je n'avais pas donné suite. Elle m'avait proposé de passer la voir, alors on s'est donné rendez-vous et on a discuté.
- Et où ça ?
- Dans un bar en périphérie de la ville qui s'appelle « Chez Mama Bertha ».
- Ah oui ! J'espère que tu n'envisages pas de te lancer dans un truc pareil.
- Non, ma chérie. Bertha est très gentille. Elle veut vraiment m'aider. Je ne pouvais pas refuser de passer la voir. Alors j'y suis allée, mais c'était surtout pour la calmer. Elle s'inquiète tellement pour moi. Il y a tellement peu de personnes de bonne volonté. La moindre des choses était d'aller la voir.

- Oui, je comprends. Tu sais, je n'ai rien contre ce type de travail, car c'est de l'argent gagné honnêtement. Mais la mère d'une de mes camarades de classe travaille dans un bar qui appartient aussi à une certaine Bertha. C'est un bar qui est situé en dehors de la ville côté sud, dans un coin un peu reculé. On dit que c'est un bar plutôt haut de gamme et qu'il s'y passe des choses douteuses. Je ne sais pas si cela est vrai, mais ce qui est sûr, c'est qu'elle est la risée de toute l'école. On dit que sa mère ne fait pas que servir des boissons aux clients, si tu vois ce que je veux dire.
- Ah oui !
Je suis assez étonnée que ma fille soit au courant de l'existence de ce bar, et encore plus d'apprendre que ce bar est connu pour des choses pas très louables. Cela renforce les doutes que j'ai sur le boulot que me propose Bertha.

Il me faut plus de temps pour réfléchir à cette proposition.

- Quoi qu'il en soit, je ne sais pas si nous parlons du même endroit, mais ce que j'ai vu ne me semblait en aucun cas douteux. Et je n'ai donné encore aucune réponse. Mais c'est bien qu'on en ait parlé.
Mon téléphone retentit. C'est Bertha. Confuse, je décide de ne pas répondre à l'appel.

Trois jours plus tard, je n'ai toujours pas répondu à Bertha et pourtant je m'étais engagée à le faire rapidement. Elle a essayé de me joindre à plusieurs reprises, mais à chaque fois, j'ai laissé le téléphone sonner dans le vide. Devant l'opposition de mes enfants et notamment de ma fille, je suis très embarrassée et ne sais pas quoi dire à Bertha.

Au moment où je m'apprête à me coucher dans l'espoir d'avoir une nuit calme, le voyant lumineux de mon téléphone indique que j'ai reçu un message. Je consulte le répondeur : « Bonsoir, ma chérie. C'est Bertha. J'espère que tout va bien. Je t'appelle, car nous nous sommes entendues pour que tu me donnes ta réponse pour le boulot rapidement et je n'ai pas de nouvelle de ta part. Rappelle-moi. Merci et à tout à l'heure ! »

Je l'éteins et le pose sur la petite table de chevet. Mon esprit se met à vagabonder.

Quelle excuse vais-je inventer pour que Bertha ne soit pas fâchée ? Le seul moyen de décliner son offre serait de lui dire que j'ai trouvé du travail. Mais si je m'engage sur ce chemin, alors il me sera impossible de revenir demander de l'aide à Bertha. Et je ne veux pas ruiner cette option. Ce travail m'éviterait qu'on m'enlève la garde des enfants et me permettre de gagner trois mille dollars. Vu ma situation, ce n'est pas négligeable du tout ! Comment résoudre cette équation sans heurter qui que ce soit ?

Le sommeil met fin à mes errements sans que je m'en rende compte.

Le lendemain, je prends contact avec Mama Bertha et réussis à la convaincre de me laisser encore quelques jours, le temps de m'organiser avec les enfants.

L'espoir

Toutes mes tentatives pour trouver un travail ont échoué. Je ne sais plus quoi faire. Je me suis engagée à être toujours près de mes enfants, à leur offrir le meilleur avenir qui soit. Voilà que dans vingt-quatre heures, c'est le contraire qui risque fort d'arriver ; leur garde me sera enlevée avec l'expiration de l'ultimatum de l'assistante sociale, sauf si un miracle arrivait.

Jennifer, tu peux toujours rêver !

J'angoisse. Pour y penser le moins possible et profiter d'eux au maximum pendant le temps qu'il me reste, je décide de les rejoindre au collège.

Quelques minutes suffisent pour arriver devant le grand portail qui sécurise l'entrée de chaque collège dans Maga Sud. Comme il est encore fermé, je vais sous le chapiteau d'en face. Sur son fronton, on peut lire : « Pour que les parents, venus chercher leurs enfants, les attendent dans de bonnes conditions ».

Un mécène l'a construit en mémoire de sa maman morte, suite à une longue attente debout sous un soleil de plomb. Les pompiers, très rares dans cette partie de l'île, n'avaient pas pu intervenir à temps pour la sauver.

Je m'installe sur une chaise placée au centre de la première rangée. C'est l'unique fois où je me retrouve seule sous cette petite tente. J'ai ainsi le temps de regarder autour de moi. Les bancs sont disposés de telle sorte qu'ils offrent une vue directe sur l'entrée de l'école, permettant aux parents de voir leurs enfants arriver. Mon regard fixe le portail du collège, mais mon esprit est ailleurs.

Comment vais-je pouvoir vivre sans mes enfants ?

Totalement accaparée par cette situation hallucinante, je ne remarque pas l'arrivée d'autres parents dans les minutes qui suivent. Je vois à peine la silhouette de deux hommes costauds qui entrent et s'installent dans la dernière rangée. Quelque chose me dit que je les ai déjà croisés quelque part, mais je n'y fais pas plus attention, trop préoccupée par ma propre situation.

Le bruit de la sonnerie me réveille. Il marque la sortie des classes. Le grand portail, poussé par un vigile, s'ouvre doucement. Les élèves commencent à sortir. Les rires, les discussions et parfois les pleurs se mêlent aux interpellations des parents pour créer un grand brouhaha. Les mélodies des moineaux dans les eucalyptus entourant l'école sont très difficilement audibles.

Je me lève, comme les autres parents, pour accueillir mes enfants qui tardent à apparaître. Je me grandis en me mettant sur la pointe des pieds, de sorte que je puisse les voir arriver de loin. Le temps passe et la foule diminue, mais point de Léa, ni de Hugo et encore moins de Ben à l'horizon. L'angoisse laisse progressivement place à la nervosité. À présent, il n'y a plus aucun élève, ni dans la cour, ni devant l'entrée. Le vigile ferme le portail. Sans m'en rendre compte, je baisse mes talons et sors de la position debout sur la pointe des pieds. Mes jambes fléchissent progressivement et je me retrouve assise à même le sol. Je baisse la tête et laisse éclater ma colère.

Où sont mes enfants ? Où sont mes enfants ?

Soudain, j'entends une voix.
- Maman, Maman, nous sommes là.

Je sursaute et réalise que c'est la voix de Léa. Elle est avec ses frères. Je les prends dans les bras et les embrasse longuement. Je les serre fort, tellement fort qu'ils ont l'impression d'étouffer.
- Ça fait mal, suffoque Ben.

- Pardon, mon bébé.

Je desserre mes bras autour d'eux.

- Maman, qu'est-ce qui se passe ? Demande Léa.

- J'ai cru que j'allais vous perdre. Lorsque le vigile a fermé le portail, et qu'il n'y avait plus personne, j'ai pensé qu'on vous avait enlevés. Et ça, je ne pourrai jamais le supporter.

- Non Maman. Hugo et moi avons juste accompagné Ben aux toilettes. Nous ne pouvions pas le laisser tout seul.

- Pardonnez-moi les enfants, c'est que Maman est très fatiguée.

Nous nous tenons tous par la main en formant une chaîne et empruntons le petit chemin qui mène vers notre domicile.

Comme à l'accoutumée, je fais une halte dans la maisonnette située en plein milieu de la résidence. C'est là que sont rassemblées les presque huit cents boîtes aux lettres des occupants.

Pour y accéder, il faut composer un code à quatre chiffres. Ce n'est qu'à la troisième tentative que la porte s'ouvre enfin. Les enfants et moi suivons le marquage au sol et allons à la boîte 7.21.4. C'est le même code que celui de notre appartement. Avec beaucoup de difficultés, je parviens à introduire la petite clé dans la serrure. Je me sens extrêmement nerveuse. Je crois que les enfants le ressentent, mais ils ne disent rien.

Sans trier ni jeter les journaux, contrairement à mon habitude, je récupère le contenu de la boîte et le plonge immédiatement dans le sac à dos de Hugo, tout en lui demandant de le déposer sur la table à manger, une fois arrivée à la maison. C'est à ce moment-là que la proposition de Mama Bertha me revient à nouveau à l'esprit.

Ai-je encore le choix ? C'est la seule option qu'il me reste.

Je m'empresse de refermer la boîte aux lettres et me dirige vers la sortie. Ben, qui n'arrive plus à suivre le rythme, me le fait savoir à sa manière :
- Maman ! Crie-t-il d'une voix perçante. Pas si vite !
- Donne-moi ta main, mon chéri.

À peine entrée dans l'appartement, je lâche la main de mon petit dernier et me dirige dans ma chambre. Je referme la porte derrière moi pour que les va-et-vient des enfants ne me perturbent pas. J'attrape le téléphone que Mama Bertha m'a offert et je sélectionne son nom dans la liste des contacts. Juste avant d'appuyer sur le bouton « Appeler », j'hésite.

Comment vais-je expliquer tout cela à Léa ?

Puis, je me mets à me motiver d'une voix basse.

Du calme ! Du calme Jennifer ! Ne te précipite pas ! Reprends ton souffle ! Respire un peu !

Pour ne pas contrarier Léa, je décide de prendre un peu de temps pour bien réfléchir à ce que je vais faire ; le temps de préparer le repas pour les enfants.

Je ne m'avoue pas vaincue. Je me sens prête à me battre jusqu'au bout afin de rester maîtresse du destin de mes enfants.

Je sors de ma chambre, appelle Léa et lui demande de m'accompagner à la cuisine. En passant près de la table à manger, j'aperçois et reconnais, dans le tas de documents et courriers récupérés de la boîte aux lettres, le logo d'une société. C'est celui d'une entreprise de nettoyage dans laquelle j'ai passé un entretien de recrutement quelques semaines plus tôt.

Je me précipite dessus pour l'ouvrir au plus vite. Pourtant, mes mains tremblent. Hugo m'apporte un couteau, mais je n'arrive pas à introduire la pointe dans la petite fente de l'enveloppe.

- Maman, laisse-moi t'aider, propose Léa qui m'a rejoint. Je parie que c'est une bonne nouvelle.

Avec l'ultimatum de l'assistante sociale qui expire dans la nuit, il est clair que la dernière chose que je souhaite, c'est bien un courrier qui vient plomber encore plus mon moral.

- Tiens maman, c'est à toi de le découvrir.

C'est un texte de quelques lignes seulement. Après la formule de politesse, je découvre : « Nous sommes heureux de vous annoncer que nous avons accepté votre candidature au poste de technicienne de surface dans notre société ».

Je crie, jubile, saute de joie et fais des bisous à tout le monde. Je suis certes contente d'avoir trouvé un travail, mais je suis surtout soulagée de pouvoir conserver la garde des enfants.

- J'ai hâte de raconter cela à l'assistante sociale demain.

C'est avec le sourire aux lèvres et la calculette dans la tête que j'entre dans la cuisine. Je suis tellement soulagée que je décide de changer le menu pour faire plaisir aux enfants. En lieu et place des pâtes aux thons initialement envisagées, que Ben ne mange que sous la contrainte, j'opte finalement pour un bon mijoté de dinde aux champignons et aux tomates, servi avec du riz cantonais, dont tout le monde raffole. En guise de dessert, je prépare un gâteau marbré. Léa, qui m'aide à préparer, me regarde amusée en train de mélanger la pâte.

- Maman, je ne comprends vraiment pas pourquoi tu utilises toujours cette cuillère en bois pour faire tes gâteaux alors que nous avons toujours le petit fouet électrique. Tu économiserais ton énergie et ça irait beaucoup plus vite ! Il faut vivre avec son temps !

- Ma fille, je t'arrête tout de suite. D'abord, ce n'est pas une cuillère en bois, mais une spatule. Et ce n'est pas n'importe quelle spatule. C'est la spatule que m'a offerte ma grand-mère lorsque j'avais seize ans. C'est grâce à elle que je réussis tous mes desserts que ton père adorait tant. C'est probablement aussi pour ça qu'il a succombé à mon charme.

Étonnée, Léa me regarde et déclare :
- C'est vrai que tes gâteaux sont toujours bien réussis. Mais pour ma part, je suis loin d'avoir ta patience.
- C'est le prix à payer pour avoir de meilleurs gâteaux.
- As-tu encore besoin de moi, Maman ?
- Non. Pas pour le moment.
Léa sort et referme la porte de la cuisine.

Je continue à pétrir la pâte tout en regardant de temps en temps le petit tableau accroché dans un coin. J'y ai listé, à la craie blanche, les achats indispensables pour chacun des douze mois de l'année.

Pour les sept premiers mois, seules les cases correspondant à la nourriture et au loyer sont cochées. Les autres, à savoir, loisirs, activités extrascolaires, cinéma, restaurant, cadeaux d'anniversaire, karaté… attendaient désespérément ce moment, peut-être enfin arrivé.

Je pourrai faire un peu plus pour le plaisir des enfants.

Je me surprends, d'ailleurs, en train de soustraire mentalement le prix estimé de chacune de ces catégories délaissées sur la rémunération indiquée dans ma lettre de recrutement. Mais la réalité ne tarde pas à me rattraper.

Le karaté de Hugo ; ça ne sera pas pour cette fois-ci.

Même s'il y a du mieux, mon futur salaire ne me permettra pas de couvrir tous les achats indispensables. Mais au moins, les enfants ne me seront pas enlevés et je pourrai continuer à m'occuper d'eux. Et ça, ça vaut plus que tous les trésors du monde. C'est dans une chaleur et un climat familial détendus, chose rarissime depuis quelque temps, que le repas est servi. Tout le monde se régale. Le temps file si vite que nous sommes surpris par l'heure tardive.

Je décide d'annoncer la bonne nouvelle à Bertha. Juste après la prière quotidienne, je demande aux enfants d'aller se coucher. Je récupère mon téléphone et compose son numéro.

- Allô ! Ici Mama Bertha à l'appareil. À qui ai-je l'honneur ?
- C'est moi, Jennifer.
- Quelle Jennifer ?
- Dis-moi, combien de Jennifer connais-tu ? Tu n'as pas reconnu ma voix Mama Bertha ?
- Ah ma chérie ! Comment ça va ?
- Je vais très bien, et toi ?
- Je me porte bien, merci. Que me vaut ce coup de fil si tardif ? Ce n'est pas dans tes habitudes.

- Tu sais, il y a toujours un début à tout. Je voulais juste avoir de tes nouvelles. Je voulais aussi…

Sans me laisser finir ma phrase, Mama Bertha enchaîne :
- Je suis contente de te l'entendre dire. J'espère que tu as réfléchi à mon offre et que tu m'appelles pour m'annoncer une bonne nouvelle. Ça me ferait tellement mal si ma grande copine allait travailler ailleurs alors que je lui propose de travailler avec moi.
- Ah ! Mama Bertha, je t'ai dit que j'y réfléchissais, non ?
- Oui, je sais. Mais à quoi réfléchis-tu encore ? Ça fait déjà presque un mois ! Il te faut tout ce temps pour réfléchir avant de venir travailler avec ta copine ? S'énerve-t-elle.
- Tu sais, Léa n'a que quinze ans, je ne peux pas encore la laisser le soir seule avec ses petits frères. Je suis en train de chercher une solution.
- Dépêche-toi de trouver cette solution, parce que pour le moment, je perds des clients.
- Je vais tâcher de la trouver rapidement.
- Excuse-moi de te bousculer ainsi, mais ça me fait mal de te voir dans une situation misérable avec tes enfants. Je ne veux que vous aider.
- Non, tu ne me bouscules pas, au contraire, ça me donne de l'énergie.
- Tu voulais me dire autre chose ?
- Non, comme je te l'ai dit, je voulais juste avoir de tes nouvelles.

- Alors, passe une bonne nuit, ma chérie. Surtout, ne fais pas la conne, je te surveille.

- Je ne ferais rien qui puisse te contrarier. Tu es adorable avec moi. Toi aussi, passe une bonne nuit.

Je raccroche et reste silencieuse. Mais, mon esprit vagabonde.

Si j'avais donné la vraie raison de mon appel, je suis sûre que Mama Bertha se serait mise en colère. Elle est la seule personne qui me comprend depuis que Marc est mort. Elle est comme une amie pour moi. Si je lui disais que j'avais trouvé du travail ailleurs, je suis certaine qu'elle se serait mise hors d'elle.

Non seulement elle cherche rapidement une serveuse pour son bar, mais elle veut aussi m'aider. Les gens aussi gentils sont très rares aujourd'hui. Malheureusement, c'est toujours sur eux que l'on dit des choses horribles. Je ne comprends vraiment pas pourquoi les gens parlent mal d'elle. Qu'est-ce que l'on ne dirait pas par jalousie ? Heureusement qu'elle est une grande battante.

Je vais au lit avec le sentiment amer de n'avoir pas su trouver les bons mots pour parler à Bertha. J'ouvre doucement la porte de la chambre et m'avance sur la pointe des pieds pour ne pas réveiller Léa, profondément endormie. Je m'assieds ensuite sur le lit quelques instants, le temps de faire un dernier signe de croix, et me couche, allongée sur le dos.

Mon esprit commence à dérouler imperturbablement les événements de la journée. Je n'entends plus les décibels provoqués par les ronflements de Léa. Puis, mon esprit s'arrête sur une phrase prononcée par Mama Bertha.

Pourquoi dit-elle qu'elle me surveille ? Je suis certes plus jeune qu'elle, mais je ne suis pas son enfant. Je suis quand même libre d'accepter ou de refuser sa proposition. Elle ne doit pas exagérer. D'ailleurs, je ne lui dirai plus rien sur ma recherche de travail.

Je finis par sombrer dans un profond sommeil.

Dans les mois qui suivent, ma situation financière s'améliore. Je conserve la garde de mes enfants et je me sens bien dans mon travail, même si ce n'est pas celui que j'imaginais.

D'ailleurs, j'ai sympathisé avec Madame Fassi, une collègue de travail. Elle a presque le même âge que moi. Je lui ai raconté mon histoire, quelques semaines plus tôt, lorsque notre employeur nous a envoyées ensemble faire le ménage dans une entreprise. Madame Fassi semble bien comprendre ma situation. Je le constate à travers l'émotion qu'elle dégage et les attentions qu'elle a envers moi.

Elle est mère de quatre jeunes enfants et en assure seule la charge depuis environ six ans. Son mari, qu'elle croyait électricien dans une petite société locale, a été impliqué dans un vol à main armée et purge une lourde peine de réclusion à perpétuité. Au lendemain de son arrestation, et comme si le fardeau de Madame Fassi n'était pas suffisamment lourd, son premier fils de treize ans a été diagnostiqué insuffisant rénal. Depuis, elle doit régulièrement l'amener à l'hôpital pour des séances de dialyse.

Sans voiture, les choses n'ont pas toujours été simples. Sa détermination et sa « positive attitude » l'aident cependant à traverser ces moments très critiques de sa vie. Elle a ainsi acquis une certaine expérience en la matière qu'elle a voulu partager avec moi. Ces discussions nous ont rapprochées. Au cours des dures années qu'elle a vécues, elle a aussi trouvé quelques trucs qui lui ont permis d'améliorer ses revenus mensuels et ainsi d'offrir quelques instants de bonheur à ses enfants.

Ce jour-là, nous arrivons à nouveau ensemble pour le nettoyage d'un grand local industriel. Au moment de la courte demi-heure de pause quotidienne, nous nous installons toutes deux dans un coin, à l'écart des regards masculins, nombreux dans cet atelier. Chacune a apporté un petit repas. Contrairement à l'habitude des autres collègues, nous mangeons ensemble. Notre proximité a incité Madame Fassi à partager son truc fétiche avec moi.

- Ecoute, me dit-elle. Je sais ce que tu traverses. Malgré les difficultés, tu gardes la tête haute et tu te bats comme une lionne afin d'offrir le meilleur à tes enfants. Je vais te montrer quelque chose qui m'a bien aidée et qui continue de m'être très utile. J'ai commencé à faire ça après avoir regardé une émission à la télévision. On y avait présenté une femme dans une situation semblable à la nôtre. Grâce à ce truc, elle réussissait à économiser en moyenne cent cinquante dollars chaque mois. Elle utilisait les « codes promo » et les « bons de réduction ». Depuis que j'ai vu ce reportage il y a plus de cinq ans et que j'applique ce qui y a été proposé, j'ai toujours réussi à financer les activités extrascolaires de mes enfants, et quelques fois, nous arrivons même à nous offrir des vacances en famille.

- C'est quoi ce truc ? Comment tu fais ?

- C'est très simple : premièrement, au début de chaque mois, je fais la liste des achats nécessaires pour la maison. Ensuite, chaque soir, je me donne environ dix à vingt minutes pour dénicher les « codes promo » et les « bons de réduction » dans les journaux laissés dans ma boîte aux lettres et dans les sites internet. Je garde aussi les « bons de réduction » qui accompagnent généralement les reçus de caisse. J'essaie de trouver toutes les bonnes affaires du moment qui correspondent à ma liste mensuelle de course que j'ai préparée auparavant. Pour les sites internet, c'est mon premier fils qui m'aide. Au début, c'était une jeune cousine qui venait m'assister. J'utilise ces bons et « codes promo », à chaque fois que je fais les courses.

- Et combien as-tu réussi à économiser ?

- Au moins cent cinquante dollars chaque mois. Ça me fait près de mil huit cents dollars par an, c'est-à-dire un treizième, voire un quatorzième mois de salaire. Aucune négociation d'augmentation de salaire ne m'aurait jamais permis de les avoir, surtout dans nos métiers.

J'écoute religieusement ce qu'elle me dit, totalement ébahie et admirative.
- Je m'y mets dès ce soir. Je ne vais plus jamais jeter les journaux que je trouve dans ma boîte aux lettres.

Le soir, à peine la porte de l'appartement franchie...
- Léa ! Hugo ! Avez-vous terminé vos devoirs ?
- Non, maman !
- Dès que vous aurez terminé, venez me voir, s'il vous plaît. J'ai vraiment besoin de vos talents mes chéris.

J'avance et verse sur la table le contenu d'un grand sac en fibre de verre tissé que je porte en bandoulière. Ce sont des journaux que j'ai récupérés des boîtes aux lettres en rentrant du travail. Je les ai tous ramassés, y compris ceux que les autres habitants de la résidence avaient jetés dans le panier poubelle.

Après un petit soupir, je me dirige vers la cuisine et prends mon tableau de courses sous le bras. Je le pose sur une chaise. Je demande à Léa un petit carnet et un crayon pour prendre des notes. Je dispose l'ensemble de sorte à pouvoir feuilleter les journaux, lire le tableau de courses et prendre des notes simplement et facilement. Je m'installe et commence ce travail studieux. Environ quarante-cinq minutes plus tard, je suis interrompue par les enfants qui ont fini leurs devoirs et réclament déjà le repas du soir.

À la fin du dîner, j'invite Léa et Hugo à m'accompagner dans un second tour qui dure environ trente minutes à cause de la lenteur du seul ordinateur portable de la maison, devenu très lent sous le poids de l'âge. Lorsque la séance de travail se termine, j'identifie une économie potentielle de cent vingt-cinq dollars.

C'est énorme !

La réalité s'est révélée au-delà de toutes les espérances, car dans les trois mois qui ont suivi, le gain moyen a été de l'ordre de cent quatre-vingts dollars mensuels. Le karaté de Hugo, le traditionnel dîner du deuxième vendredi du mois et bien d'autres choses ont désormais une chance de faire leur retour dans notre agenda. Comme les fêtes de fins d'année sont proches, je me donne jusqu'à ce moment-là pour faire un premier bilan de la situation.

L'enregistrement

Enfin, nous sommes le vingt-quatre décembre. Pour éviter de marcher la nuit dans un quartier où nous n'avons pas encore totalement pris nos marques, les enfants et moi assistons à la messe de dix-huit heures. C'est très important pour nous. J'ai d'ailleurs vu le prêtre quelques jours plus tôt pour lui demander si je pouvais intervenir lors de l'homélie et il a accepté. J'ai ainsi particulièrement bien préparé mon intervention.

Quelques minutes après le début des cérémonies, il me donne la parole. J'invite les enfants à me rejoindre. Nous nous tenons par la main. Nos regards hagards se tournent vers le ciel et les larmes commencent à couler le long de nos joues. Je romps le grand silence qui s'est installé dans la salle avec un discours bref, mais très intense. Ensuite, nous récitons à l'unisson : « Seigneur, le Très Haut, notre mari et papa, nous a quittés brutalement. Il était tout pour nous. Vous êtes, à présent, notre seul guide. Sûrs de votre amour, et forts de notre foi, nous remettons nos vies entre vos mains. Guidez-nous, éclairez-nous, donnez-nous la force de surmonter les épreuves de la vie… »

Avant de reprendre le déroulé de la messe, le prêtre laisse environ trente secondes s'écouler ; trente longues secondes de silence et de recueillement au cours desquelles on ressent l'émotion, la compassion, voire de la pitié dans les yeux des personnes présentes, venues très nombreuses et en famille à cette première messe de la nativité. Bien que ce soit un jour de fête, la douloureuse réalité de notre famille ne laisse personne indifférent.

À la fin, nous rentrons chez nous et nous nous préparons pour l'ouverture des cadeaux. Dès que le premier gong de la pendule murale retentit pour la vingt-quatrième fois de la journée, Hugo court sous l'arbre de Noël récupérer le paquet à son nom. Il est immédiatement suivi par son petit frère, qui sautille comme un cabri. Mes difficultés financières nous avaient laissés croire que les cadeaux ne feraient plus partie de notre monde. D'ailleurs, l'année précédente, la première après la mort de Marc, nous nous sommes contentés de prier à la maison, à Maga Nord, et de partager un maigre bouillon.

Léa est la dernière à récupérer son paquet.

- Qui commence à déballer son cadeau ? Crie Hugo.
- Attendez les enfants. Nous allons tirer à la courte paille.

Je m'empresse de préparer un jeu d'allumettes, à défaut de pailles, en brise une et les tends aux enfants. Chacun en tire une. Celle de Léa est la plus courte.

- J'ai gagné. C'est donc moi qui vais ouvrir mon cadeau la première, dit Léa, affichant un grand sourire.

Avec toute la douceur et la délicatesse qu'ont les jeunes filles de son âge, Léa dénoue d'abord le lacet coloré qui entoure et orne son cadeau. Elle en sort un livre sur lequel on peut lire : « Comment devenir assistante sociale ? » Léa se retourne vers moi, me lance un regard complice avant de se jeter dans mes bras.

- Maman, je t'aime.

C'est la première fois qu'elle me fait une telle déclaration. Elle n'est pas le genre de fille à extérioriser ses sentiments. Sans compter que nos avis ont toujours divergé pour ce qui était de son métier d'avenir. Elle ne s'attendait vraiment pas à ce que je l'encourage un jour à poursuivre son rêve de venir en aide à ceux qui souffrent.

Ces mots inédits, spontanés, pleins de chaleur et de tendresse prononcés par ma fille me laissent sans voix. Mon sourire, mêlé à une larme discrète qui perle sur ma joue, trahit mon bonheur à cet instant précis.

- Maman chérie, ne pleure pas, poursuit Léa avec sa petite voix tout en essuyant mes larmes. Nous sommes là pour toi.

Hugo et Ben lâchent leurs cadeaux et courent vers moi pour m'entourer de leurs bras en témoignage de leur amour et poursuivent en chœur :

- Nous ouvrirons nos paquets si tu nous promets de ne pas pleurer.

- Je vous le promets.

Je leur fais un grand sourire. Ben ouvre son paquet.

- Waouh ! C'est la nouvelle console de jeux Nintendo DS !

Il lance un regard dans ma direction et avertit :

- On a dit, pas de larme, Maman.

- Promis.

Il me fait alors un énorme bisou. C'est un grand moment de tendresse. J'essaie tant bien que mal de retenir mon émotion.

- Maintenant, c'est mon tour. Tundendendennnnn ! Claironne Hugo.

Contrairement à Léa, il ne prend aucune précaution, impatient de découvrir son cadeau. Il entame sans ménagement l'ouverture de son paquet qui avait la même taille que ceux de ses frère et sœur. J'avais veillé à ce que tous les paquets soient de taille identique pour ne pas laisser présager de leurs contenus. Hugo n'arrive pas à déchirer un ruban adhésif rebelle qui ferme encore le paquet. En voulant le forcer, le précieux colis tombe. Nous rions devant ce spectacle hilarant.

Hugo le ramasse et continue maladroitement sa besogne, sans se rendre compte qu'une petite enveloppe s'échappe du paquet et tombe au sol. Lorsqu'il réussit enfin à l'ouvrir, il le tourne dans tous les sens, le secoue, passe sa main à l'intérieur et le fouille du regard. Il constate, la mine déconfite, qu'il est vide.

- Maman, il n'y a rien dans mon paquet !

- Comment ça, il n'y a rien ! Ce n'est pas possible ! Tu n'as pas dû bien regarder à l'intérieur ! À moins que tu n'aies pas été assez sage cette année !

Nous avons bien vu la petite enveloppe tomber alors qu'Hugo bataillait pour ouvrir le paquet. Nous avons d'ailleurs, et très discrètement, déplacé les premiers emballages pour bien la cacher sans rien dire.

- Regardez ! Vous voyez bien que le carton est vide ! Lance Hugo, les yeux totalement écarquillés d'étonnement.

Ben rit de toutes ses forces. Hugo, qui ne connaissait que trop bien son petit frère, se doute alors qu'il a raté quelque chose. Il se met à fouiller dans un périmètre qu'il a pris soin de bien délimiter au préalable. Au bout de quelques secondes, et toujours sous les rires de Ben, la précieuse enveloppe est dénichée. On peut y lire : « Pour Hugo ».

- Cette fois-ci, je prends mon temps.

- C'est une sage décision, mon fils.

- Plus de précipitation et plus de désordre Hugo, monologue-t-il avec humour.

Il ouvre l'enveloppe et en sort, avec une délicatesse inhabituelle, un petit papier. Son visage devient rayonnant. Je sens qu'il est heureux. Mais son esprit joueur prend le dessus. Il décide alors de nous faire marcher. Il reste stoïque et muet en nous regardant, le sourire au coin des lèvres et le regard espiègle.

- Alors, c'est quoi ton cadeau ? Interroge Ben.

Hugo s'avance et me fait un énorme bisou.

- Merci Maman ! Surtout, pas de larme.
- Promis, aucune larme.

Ben, très curieux de connaître le cadeau de son frère, renouvelle sa demande :

- Allez ! Dis-nous !

Hugo fait un pas en arrière, enlève sa chemise, se met en position de karaté, bombe son petit torse et crie :

- C'est moi le plus fort ! Oyez ! Je vais reprendre le karaté.

Le petit papier est un bon pour une inscription au club de karaté. Il saute à nouveau à mon cou, rejoint immédiatement par sa sœur et son frère. Nous restons blottis les uns contre les autres jusqu'à ce que Ben nous interpelle.

- Et le dernier paquet, il est pour qui ?
- C'est pour votre père. Même s'il n'est plus avec nous, il veille bien sur nous. Comme notre situation semble s'améliorer, j'ai pensé que nous devions aller lui dire merci.
- Aller où ? S'interroge Hugo.
- Au pont, là où notre vie a brusquement changé.

- D'accord, répond Ben tandis que les autres acquiescent de la tête.

Je suis étonnée et contente de leurs réactions. Jusque-là, à chaque fois que j'évoquais la mort de leur papa, ils se tétanisaient et plus aucun mot ne sortait de leur bouche.

- Comme nous devrons partir tôt, je propose que nous nous mettions au lit maintenant.

Nous nous échangeons des bisous et nous nous souhaitons mutuellement un joyeux Noël avant de nous coucher.

Au lever du jour, les enfants sont tous debout. Ben, qui habituellement a besoin d'une petite remontrance pour se réveiller le matin, me surprend particulièrement. Nous sommes tous impatients de communier avec Marc et de lui offrir le cadeau qui symbolise le lien très fort qui nous lie au-delà de la mort. Nous empruntons les transports en commun de Maga Sud. Le parcours dure plusieurs heures. Mais qu'importe, ce rendez-vous vaut bien tous les sacrifices.

Il est exactement onze heures trois minutes lorsque nous arrivons enfin au niveau du pont, précisément à l'endroit où une petite stèle a été érigée en mémoire de Marc. C'est la première fois que nous y revenons tous ensemble. La végétation a commencé à envahir les lieux.

À l'aide d'une petite machette bien tranchante que j'ai pris le soin de mettre dans mon sac, je débroussaille les pourtours de la stèle. J'étale un pagne au sol et fais signe aux enfants. Ils sont postés debout à quelques pas de là, et m'observent. Je les invite à me rejoindre.

Nous nous mettons à genoux sur le pagne, face à la stèle. Nos mains, jointes devant la poitrine, pointent vers le ciel. Chacun se concentre et fait une prière individuelle à voix basse.

Lorsque je termine, j'ouvre les yeux et attends que les enfants finissent la leur. C'est là que je surprends Ben qui, dans un élan de curiosité irrésistible qui le caractérise, se tient légèrement penché en avant et observe ce que chacun de nous fait réellement. Nos regards se croisent. Je lui fais les gros yeux. Surpris, il se redresse aussitôt.

Quand Léa et Hugo terminent, nous récitons en chœur : « Aide-nous, guide-nous, protège-nous, donne-nous la force et le courage de nous en sortir comme tu le fais déjà. Amen. »

Un long moment de silence s'installe après le récital. Même le bruit des oiseaux, pourtant si nombreux, est imperceptible. La nature semble en communion avec nous et participe à sa manière à notre cérémonie. Dans cette ambiance calme et empreinte d'émotions, Léa se lève et récupère le paquet laissé à l'abri sous un arbre aux alentours. Elle le dénoue et en sort un collier qu'elle accroche délicatement sur la stèle. Elle se courbe, embrasse à deux reprises la stèle et retourne reprendre sa position sur le pagne.

Nous faisons à nouveau silence et poursuivons : « Ce collier est le signe que nous arrivons à sortir nos têtes hors de l'eau. Il est aussi le symbole de notre lien indestructible et de notre amour. Nous t'aimons et nous t'aimerons toujours. »

Ces mots marquent la fin de notre offrande.

Avant de partir, je décide d'inspecter une énième fois l'entrée sud du pont ; à l'endroit où, d'après le rapport d'enquête, Marc avait perdu la maîtrise de son véhicule pour terminer sa course à presque trente mètres plus bas, dans les profondeurs du ravin.

J'ai beau regarder partout, il n'y a rien qui puisse me faire imaginer que les événements auraient pu se passer autrement. Cependant, une chose me tracasse. La route nationale est bien large à l'entrée du pont et il n'y a aucune dégradation sur la chaussée, ni aucun virage. Bref, la visibilité est très bonne. Il est vrai que ce jour-là, il y avait une très légère pluie, mais rien qui aurait pu faire déraper une voiture, d'autant plus que Marc conduisait une berline allemande solide, en très bon état et qui tenait très bien la route. Tous ces petits détails sèment un petit doute dans mon esprit. Il me faut des réponses. Je veux m'assurer que je n'ai rien raté.

Je m'engage sur le pont.

- Maman ! Que fais-tu ? Nous devons rentrer !

- Une minute mes chéris. Je dois juste vérifier quelque chose.

Après quelques pas, j'aperçois l'inscription : « Pont sous surveillance ».

Tiens ! Tiens ! Tiens ! Des caméras ! Ça veut dire que l'accident de Marc aurait été filmé ?

En regardant partout et plus particulièrement en hauteur, je vois que des caméras sont installées sur des mâts qui font aussi office de poteaux électriques. Je relève le nom de la société de surveillance. Il s'agit d'une société dans laquelle certains collègues interviennent pour faire le ménage.

Quelle aubaine ! J'ai là une chance inouïe d'apprendre enfin comment Marc est parti. Ça nous aidera peut-être à faire notre deuil.

Je suis pressée d'en savoir plus. Je rejoins rapidement les enfants et nous nous mettons en route.

Le trajet du retour et aussi compliqué qu'à l'aller. Dans le bus, je réfléchis à la façon dont je procéderai pour avoir accès aux enregistrements vidéos. Je finis par imaginer un stratagème qui me permettrait d'accéder aux locaux de cette société.

Mon plan est simple : d'abord, je vais prétexter que ma mère, qui vit sur une île voisine à près d'une demi-journée de bateau et bus, est gravement malade. Ensuite, je vais m'arranger avec un autre collègue pour échanger nos jours de travail, en espérant que la cheffe me sélectionne pour faire le ménage dans cette société de surveillance. Il ne me restera plus qu'à croiser les doigts et à prier très fort pour que tout se passe bien, ce jour-là.

Dès le lendemain, le travail reprend après la courte journée de fête. Je mets mon plan à exécution. Tout marche comme sur des roulettes. Je sais désormais quand je dois intervenir dans la société de vidéo surveillance. Je décide de mettre à profit les deux jours précieux qui me séparent de la date fatidique. En plus de mes nombreuses tâches ménagères quotidiennes, je dégage du temps pour échafauder mon plan d'accès au local des vidéos et récupérer les enregistrements de l'accident.

Le soir venu, après que les enfants soient allés se coucher, je m'installe à table avec l'ordinateur portable. En utilisant l'outil de cartographie « Google Streetview », j'effectue une balade virtuelle afin de bien repérer les rues aux alentours de la société de surveillance. J'ai déjà une bonne expérience des outils informatiques depuis la chasse aux bons de réduction que j'organise quotidiennement avec les enfants.

Pour me rassurer, je recommence l'exercice la nuit suivante.

Bon ! Je pense que mon plan est bien construit. Si les enregistrements sont là-bas, je les trouverai. Il n'y a plus qu'à...

Je vais me coucher avec confiance et assurance après avoir préparé et mis de côté le nécessaire pour le petit-déjeuner des enfants.

Le lendemain matin, je me réveille plus tôt que d'habitude, à quatre heures trente. Je me mets directement en route. Après environ une heure de bus avec plusieurs correspondances, j'arrive enfin devant la société « WESEEYOU ». Première surprise, elle est en travaux. Un panneau installé tout près du portillon d'accès présente une carte sur laquelle on identifie facilement les locaux déplacés et leur nouvelle localisation. J'en profite pour chercher le local dans lequel pourraient se trouver les enregistrements, mais ne vois aucune indication de ce genre.

J'avance vers les deux vigiles, postés derrière des tables hautes installées de chaque côté du patio. L'un contrôle les personnes qui entrent, tandis que l'autre s'occupe des sortants. Les deux chiens noirs de type « berger allemand » qui les accompagnent sont assis, prêts à attaquer sous les ordres de leurs maîtres.

Je tends ma pièce d'identité et ouvre mon sac pour rendre son contenu visible par le vigile, exactement comme le font les personnes qui me précèdent.

Pendant qu'il annote son cahier et fouille mon sac, j'en profite pour parcourir du regard le local de sécurité, situé juste derrière lui, cherchant si quelque chose pourrait m'être utile.

- C'est bon ! Madame, vous pouvez entrer. Vous devez toujours l'avoir autour du cou tant que vous êtes chez nous, ordonnait fermement le gardien en me tendant un badge accroché à un cordon.

- Merci Monsieur. Par ailleurs, pouvez-vous m'indiquer où se trouve le bureau de Madame Poulec, c'est la responsable de la logistique. J'ai rendez-vous avec elle.

- Prenez à droite et continuez sur le chemin circulaire jusqu'au troisième bâtiment. Il y a un interphone devant la porte. Recherchez son nom et appelez, elle viendra vous ouvrir. Je l'ai vue passer, il y a moins de vingt minutes.

- Merci Monsieur et bonne journée à vous.

- Je vous en prie, Madame.

En suivant le chemin indiqué, je m'étonne de l'aspect du site. La barrière qui l'entoure est vraiment haute. Elle est en outre surmontée de fils barbelés. Environ tous les cent mètres, des guérites en hauteur se succèdent. Des gaillards, visiblement bien entraînés et très armés, montent la garde.

C'est plus sécurisé ici que dans une prison !

J'arrive enfin devant le bâtiment indiqué. Juste au moment où je m'apprête à appuyer sur l'interphone, la responsable logistique surgit derrière moi, comme si elle m'observait depuis un petit moment.

- Bonjour ! Je suis Madame Poulec. Je crois que vous êtes Madame Balu, n'est-ce pas ?

- Oui, c'est bien moi. Vous m'avez fait peur ! Je ne m'attendais pas à ce que vous soyez derrière moi !

- Excusez-moi, je ne voulais pas vous faire peur.

- Ce n'est rien.

- Je peux voir votre carte de société, s'il vous plaît ?

Je fouille mon sac et sors le document demandé.

- Puis-je aussi avoir une pièce d'identité pour m'assurer que j'ai affaire à la bonne personne ?

- La voici, Madame.

- Merci. Veuillez me suivre.

Nous avançons en parlant :

- Il y a deux grandes salles de conférences et cinq salles de réunions plus petites à nettoyer. Je vous les montre toutes. Ensuite, ce sera à vous de vous organiser pour l'ordre dans lequel vous procéderez.

- Bien Madame.

Je remarque qu'il y a du matériel entreposé dans ces salles. J'en profite subtilement pour essayer d'en savoir plus.

- Pensez-vous que je peux déplacer le matériel pour nettoyer en dessous ?

- Non. Surtout, n'y touchez pas ! C'est du matériel qui doit être bien sécurisé dans des salles avec vidéo surveillance, mais comme nous sommes en travaux, on l'a stocké un peu partout pour le moment.

- Bien compris, Madame.

- Et si vous voyez quoi que ce soit de suspect, n'hésitez pas à faire appel aux vigiles. Ils sont là pour ça. Vous les verrez en permanence. Ils font des rondes toutes les cinq minutes.

- Entendu, Madame. Si je vois quoi que ce soit de louche, j'appelle les vigiles.

- Bon, je vous laisse travailler. Vous n'avez pas besoin de revenir me voir quand vous aurez terminé. Vous pouvez rentrer directement. C'est comme ça que j'ai toujours fait avec vos collègues. Il n'y a pas de raison qu'avec vous, ça se passe autrement. Je peux vous faire confiance, n'est-ce pas ?

- Oui, Madame. Vous pouvez me faire confiance.

Je suis en train de faire une promesse que je ne tiendrai pas... Peu importe... C'est le seul moyen de savoir comment Marc est parti.

- J'ai un œil sur vous, conclut Madame Poulec en partant.

Dès qu'elle s'éloigne, je me mets au travail. Je m'organise pour que mon entrée dans une nouvelle salle coïncide à chaque fois avec le passage du vigile. Cela me permet d'avoir environ une à deux minutes pour inspecter et rechercher les enregistrements.

À présent, il ne reste plus que la dernière salle de conférences à nettoyer et je n'ai encore rien vu qui puisse m'indiquer le lieu de stockage des enregistrements. Je garde tout de même espoir, bien qu'agacée.

Est-ce dans une salle isolée comme celle-là qu'ils sont allés stocker ces foutus enregistrements ?

Je m'approche, mais ne vois aucun vigile faire la ronde.

Je suis sûre d'avoir calculé comme les autres fois.

J'entre dans la salle. À ma grande surprise, j'en vois deux. Le premier est assis dans un coin derrière un téléviseur et visionne des images. Une pile de cartons est rangée derrière lui. Le second est debout et s'apprête visiblement à partir.

- Comme je te l'ai dit, rien de particulier, dit le premier vigile. Pourtant j'ai presque archivé la moitié des bandes de Noël. C'est dans le rapport.
- Waouh ! Tu as été très rapide. Tu as fait tout ça en trois heures en plus des trois heures de rondes ?
- J'étais juste très concentré.
- Ma ronde a été éprouvante et je suis très fatigué. Je ne pense pas que j'en ferai autant que toi.
- Maintenant, il faut que j'y aille pour ne pas me faire engueuler. Ma copine doit venir me chercher à douze heures. Elle est toujours ponctuelle. Elle ne doit plus être loin. À demain. Ciao !

Il s'arrête à mon niveau et m'observe pousser mon chariot.

- Bonjour Madame, c'est pour le ménage ?

- Oui Monsieur.

- Voyez avec mon collègue là-bas, dit-il en pointant son collègue du doigt et en se dirigeant vers la porte.

- Merci Monsieur.

J'avance vers le second vigile.

- Bonjour Monsieur, c'est pour le ménage.

- Bonjour Madame, vous tombez bien, je vais en profiter pour « casser la croûte ». Vous en avez pour combien de temps ?

- En vingt minutes, je pense pouvoir nettoyer tout autour de votre poste, comme ça, vous pourrez continuer votre travail sans que le mien vous gêne. Nous utilisons de nouveaux produits pour le ménage. Ils ne sont pas nocifs pour la santé, mais je conseille toujours aux gens de ne pas rester dans la même pièce quand on les utilise. On ne sait jamais. Quant à moi, je porte toujours un masque pour me protéger.

- Ne vous inquiétez pas, mon sandwich et mes quelques cigarettes me prendront certainement plus de vingt minutes. Vous avez le champ libre.

Le vigile se lève et sort. Je suis désormais seule.

C'est ma dernière chance. Si ces enregistrements vidéos sont ici, il faut absolument que je les trouve.

Je laisse d'abord passer environ deux minutes pendant lesquelles je nettoie le maximum de surface. Je me dis que les chances de voir le vigile revenir sur ses pas après ce laps de temps sont très minces. Je fais rapidement le tour du propriétaire et constate que les enregistrements vidéos sont bien stockés là. Ils sont dans de grands coffres en bois disséminés un peu partout dans la salle. Sur chaque coffre, des écrits au marqueur donnent les dates de début et de fin des enregistrements.

Je repère vite le coffre, puis la bande qui porte les informations qui coïncident avec le moment de l'accident de Marc. Au moment où je saisis la cassette, une sirène retentit sur le site. Surprise et effrayée par ce vacarme, je sursaute. Dans mon geste, la cassette tombe et le couvercle du coffre se referme en faisant un grand bruit.

Je lance un coup d'œil à gauche et à droite, me baisse pour ramasser rapidement la bande et la glisse sous ma blouse marine frappée de deux bandes bleues. Je me précipite près de la porte par laquelle le vigile est sorti pour m'assurer que je n'ai pas attiré l'attention. Heureusement pour moi, il est trop loin pour avoir entendu ce bruit. En plus, le couvercle s'était rabattu au même moment que la sirène sonnait, ce qui a couvert le bruit. Je me rends finalement compte que la sirène n'annonçait pas un danger, mais tout simplement qu'il était midi, l'heure à laquelle les équipes des sentinelles font la relève.

Je retourne directement devant le téléviseur et en peu de temps, je capte le dispositif. C'est une sorte de magnétoscope que j'utilisais dans ma jeunesse avant que les lecteurs DVD et Blu-ray ne viennent les renvoyer dans le rôle des antiquités. Au moment d'introduire la cassette dans le lecteur, mes mains commencent à trembler. J'ai non seulement peur de me faire attraper, mais j'ai aussi peur de ce que je vais voir.

Et si ce n'était pas ce que le rapport de police dit ? Bon, ce n'est pas le moment de penser à ça. Vas-y, Jennifer ! Soit forte ! C'est pour Marc.

J'introduis la cassette dans le lecteur et utilise la touche « Avance Rapide » pour atteindre la partie de l'enregistrement où la voiture de Marc arrive près du pont. Tout en conservant cette lecture accélérée, je vois une voiture avec de grosses roues dépasser celle de mon mari et s'arrêter net devant, tout en lui barrant la route. Deux hommes descendent avec des gourdins en mains. Ils sont masqués. Je pense directement aux deux hommes qui rôdaient près de la maison lorsque nous étions encore à Maga Nord. Les deux hommes font descendre Marc, le tabassent et le remettent dans sa voiture. Après quelques éclats d'un rire moqueur, ils poussent la voiture dans le ravin, retournent dans leur voiture et disparaissent.

Je suis horrifiée devant ces images insoutenables. Ma mâchoire et mes poings sont serrés. Il me faut quelques secondes pour me ressaisir. Je rembobine l'enregistrement et repasse cette partie tout en la filmant avec mon téléphone portable. Soudain, j'entends des bruits de pas. J'appuie vite sur le bouton

« Stop » du magnétoscope et cours continuer mon ménage comme si de rien n'était.

Oups ! J'ai oublié la cassette dans le lecteur ! Quelle idiote !

Malheureusement, le vigile est déjà devant la porte.
- Madame, c'est bon ? Est-ce que je peux entrer maintenant ?
- Non Monsieur, encore cinq petites minutes.
- OK, le temps de prendre un petit café à côté alors !
- Oui Monsieur. Je vais me dépêcher.

Le vigile repart, me laissant ainsi le temps de remettre les choses comme elles étaient. Lorsqu'il revient quelques minutes plus tard, je suis concentrée sur mon travail, l'esprit à des milliers de kilomètres.

Une fois le ménage terminé, je rentre directement à la maison, comme convenu avec Madame Poulec.
J'arrive à la maison en milieu d'après-midi. Je suis affaiblie et déstabilisée par ce que je viens de voir. Mon cœur bat la chamade. Je fonce directement dans ma chambre et visionne en boucle l'enregistrement du meurtre de Marc.

Qui sont ces gens qui ont tué mon mari ? Et pourquoi ?

À la nième boucle, un indice attire mon attention. L'un des assassins porte une chemise rayée dont les boutons ne sont pas fermés. Je peux ainsi facilement voir le tee-shirt blanc qu'il porte en dessous. Il est frappé d'un insigne dont les extrémités sont cachées par la chemise.

J'ai déjà vu cet insigne quelque part. J'en suis sûr et certain. Mais où ?

C'est sur ces interrogations que je sombre dans un court sommeil, exténuée par mes émotions et les nuits agitées qui ont précédé mon infiltration. Au réveil, j'ai un flash.

Je me souviens très précisément de là où j'ai vu cet insigne. C'est le signe d'Aphrodite, la déesse de l'amour, de la séduction et de la fécondité, selon la mythologie grecque. Je me souviens du tableau accroché derrière le comptoir du bar de Bertha.

Je suis surprise par cette trouvaille.

Non ! Ce n'est pas vrai ! Je me trompe ! Mama Bertha aurait-elle commandité le meurtre de Marc ? Et pourquoi ? Elle ne nous connaissait même pas avant que je ne déménage à Maga Sud. Serait-elle devenue mon amie par intérêt ?

Mes pensées s'emmêlent et s'entremêlent. Devant ces multiples questions sans réponse, je décide d'appeler ma mère pour qu'elle m'aide à y voir plus clair dans cette affaire.

Je prends mon téléphone et compose le numéro de ma mère. Je lui raconte ce que j'ai vu sur la vidéo.

- Quelle horreur ! Et quels risques tu as pris ! Je te conseille de donner cet enregistrement à la police. Tu ne peux pas te permettre de courir de tels risques. N'oublie pas que tu n'es pas seule et que s'il t'arrivait quelque chose, les enfants et moi ne nous en remettrions pas.

- Oui Maman, tu as raison. Je le ferai dès que les enfants seront rentrés. Ils ont profité d'une sortie gratuite organisée par une association qui milite pour un Noël pour tous.

- D'accord ma chérie. Fais bien attention à toi.

Je raccroche et range mon téléphone dans mon sac à main. Je me couche dans l'espoir de trouver le sommeil en attendant le retour des enfants.

La Zoulou

La journée a été tellement forte en émotions qu'à peine le dos posé sur le lit, je m'assoupis. Mon sommeil reste toutefois agité. Inconsciemment, je revis cette course contre la montre pour trouver l'enregistrement de l'accident. Dans mon rêve, je vois le vigile faire irruption dans la pièce et me surprendre en train de fouiller. Alors, il donne l'alerte en déclenchant le signal d'alarme.

C'est à ce moment-là que je sursaute et sors de mon sommeil. Je réalise que mon téléphone sonne. C'est certainement cette sonnerie que j'ai prise pour l'alarme dans mon rêve. Je lis le numéro appelant et remarque que c'est celui de Bertha. Après un moment d'hésitation, je finis par décrocher à la troisième sonnerie. Je prends un air naturel et réponds :
- Bertha ! Comment vas-tu ?

- Jennifer. Je crois que tu as quelque chose qui m'appartient.

- Mais de quoi parles-tu Bertha ? Du téléphone que tu m'as donné ? Répliqué-je en essayant d'adopter un ton innocent.

- Jennifer, tu sais que j'apprécie ta perspicacité et ton humour. C'est aussi la raison pour laquelle je t'ai proposé un boulot. Mais, nous savons, toi et moi, que ce n'est pas du téléphone que je parle.

- Mais Bertha ! Je ne vois vraiment pas de quoi tu parles ! À part ton téléphone, je n'ai rien qui t'appartient.

- Bon, Jennifer. Je n'ai pas l'intention de perdre mon temps plus longtemps. Tu sais où me trouver. Alors quand tu décideras de coopérer, je laisserai tes enfants rentrer à la maison.

- Les enfants ! Mais pourquoi parles-tu des enfants ? Qu'as-tu fait à mes enfants ? Mais de quoi parles-tu Bertha ? Je ne comprends pas un traître mot de ce que tu racontes.

- Ma belle, je ne compte pas me répéter. Tu possèdes un enregistrement qui m'appartient. Je te conseille de me le rapporter tout de suite et de garder cette histoire pour toi. Sinon, tes enfants et toi le paierez très cher. Tu as vu comment les personnes qui m'importunent finissent. Marc en a fait les frais. Si tu veux épargner tes enfants, tu sais ce qu'il te reste à faire.

Je reste sans voix. Je regarde la montre et m'aperçois que les enfants auraient déjà dû rentrer depuis une bonne demi-heure. Bertha fait silence, mais ne raccroche pas. J'arrive à percevoir de très légers bruits, comme si elle se déplaçait. Puis, je reconnais la voix de Léa, tremblante et pleurnicharde.

- Maman, Maman, s'il te plaît, ne fait pas de bêtise. Fais ce que la dame te demande. On a trop peur et on veut rentrer à la maison.

Mon souffle se coupe. J'écoute chacun des mots que ma fille prononce. Je sens que je perds pied. L'émotion est trop forte.

On peut tout me faire, mais je ne peux pas supporter qu'on s'en prenne à ceux que j'aime. Je n'en crois pas mes oreilles. Qu'est-ce qui m'arrive ? Quel cauchemar ! Mon mari a été assassiné et maintenant, ce sont mes enfants qui sont kidnappés.

Après l'appel téléphonique, je déambule dans l'appartement, totalement perdue, me demandant ce que je dois faire.

Bon. Il faut que je me calme. Il faut que j'y voie clair.

Plus je me répète cette phrase, plus mon cœur s'emballe et plus je suis désemparée. Les quelques mots qu'a prononcés ma fille me martèlent le cerveau : « Maman, Maman, s'il te plaît, ne fait pas de bêtise. Fais ce que la dame te demande. On a trop peur et on veut rentrer à la maison. »

Au bout de quelques instants, je n'arrive plus à me contrôler. Toutes les pièces du puzzle semblent se mélanger sans cesse, m'empêchant ainsi de reconstituer l'histoire que je suis en train de vivre. Je sens que je m'éloigne de plus en plus de la solution.

Je m'assois à même le sol un instant, le temps de retrouver mes esprits. Je ferme les yeux. J'inspire et j'expire profondément tout en essayant de me vider la tête. Contrairement à mon habitude, je prends beaucoup de temps avant de reprendre le dessus sur mes émotions.

Là, il s'agit de mes enfants et j'ai conscience que tout dépend de moi. Si quelque chose tourne mal, je ne le supporterai pas.

Au bout de quelques minutes, j'ai le sentiment d'avoir retrouvé un semblant de calme. Je me lève et me dirige dans la chambre des garçons, comme si je recherchais leur présence et l'inspiration. Je scrute les posters de Bruce Lee et me surprends en train de sourire et de lui parler.

Et toi, Bruce Lee. Que ferais-tu si tu étais à ma place ? Si seulement je savais me battre comme toi. Je n'aurais pas peur d'affronter Bertha et sa clique.

Je marque un silence, tout en fixant l'affiche. Une idée me parcourt l'esprit.

Prévenir la police me paraît trop risqué. Il faut réussir à déstabiliser Bertha par surprise. Et quoi de mieux que de faire ce à quoi mon ennemi n'aurait jamais pu s'attendre ? Aller l'attaquer sur son propre terrain.

Je me lève et prépare minutieusement la réplique. Je vais dans le débarras et reviens avec un vieux jeans dans lequel je me sens à l'aise et une gibecière dont les couleurs ont disparu sous le poids de l'âge. C'est le souvenir d'un voyage que j'ai effectué avec mon mari au Zimbabwe, chez les « Zoulous », il y a plusieurs années. J'enfile d'abord le pantalon puis un tee-shirt kaki surmonté d'une chemise. J'enroule mes cheveux et les attache avec un morceau de tissu noir. Je noue enfin un morceau de pagne au niveau du ventre. Je vais dans la cuisine et y récupère une machette et ma spatule.

Ma spatule magique ! Grâce à toi, je ne rate jamais mes gâteaux. Il n'y a donc aucune raison que je loupe Bertha avec toi à mes côtés. Elle va comprendre de quel bois je me chauffe quand on touche à ma famille.

Il est vrai que je la manie à merveille et que tous les gâteaux que je prépare à l'aide de cet instrument sont toujours très réussis. Mais ce que j'ignorai, c'est qu'un jour, je m'accrocherai à elle comme mon seul espoir. J'effectue quelques mouvements de rotation du poignet.

Après quelque moment d'introspection, je dépose les deux outils et récupère cinq petits couteaux de cuisine, persuadée que ceux-ci me seront d'une plus grande utilité et surtout moins visibles. Je teste ma capacité à les manier pour me défendre et à venir à bout de mon adversaire, puis je les cache sur moi : un premier dans ma chaussette gauche, un second dans le pagne et un troisième dans les longues manches de ma chemise. Je mets ensuite les deux couteaux restants dans la gibecière et l'enfile en bandoulière. Je teste aussi la maniabilité d'une petite bombe lacrymogène que j'avais achetée sur les conseils de madame Fassi afin de me protéger. Je l'introduis dans mon soutien-gorge. Je m'agenouille et fais une petite prière pour demander à mon défunt mari d'intercéder auprès de Dieu pour m'aider à récupérer les enfants.

Lorsque je me lève, je suis comme une « Zoulou », prête pour le combat de ma vie.

Plus déterminée que jamais, j'arrive chez Mama Bertha.

Rien ne doit être laissé au hasard.

De loin, j'observe les environs afin de ne pas être prise de court par un quelconque évènement. Les alentours sont déserts. Ce n'est pas encore l'heure de la grande affluence. Je reste sur mes gardes. J'avance doucement et avec précaution. Je pousse lentement la porte d'entrée afin de m'immiscer discrètement dans l'établissement, espérant ainsi surprendre. À ma grande surprise, je tombe sur Bertha et ses deux gros bras, postés juste à l'entrée.

- Quelle belle surprise ! S'exclame Mama Bertha. Je vois que tu es raisonnable et que tu as fait le bon choix. C'est fou ce que l'on ne ferait pas pour ses enfants. N'est-ce pas ma belle ?

Se tournant vers ses deux gardes du corps, Bertha leur ordonne de me saisir et de m'emmener. Les deux hommes s'exécutent en me prenant chacun par un bras. Alors qu'ils avancent, je regarde tout autour afin de voir s'il n'y aurait pas un indice qui me mettrait sur la trace de mes enfants. Mais rien de concret. Ils m'escortent jusqu'au bureau, talonnant Mama Bertha.

Elle pénètre la première et referme la porte derrière ses deux gorilles qui m'entourent. Elle se dirige vers son bureau et prend place dans un grand fauteuil.

- Je suppose que tu as amené ce qui m'appartient, me dit-elle en me regardant droit dans les yeux.

S'adressant à ses deux gros bras, elle ordonne :

- Prenez son sac et videz-le sur le bureau. Je veux savoir ce qu'elle y cache. Qui sait, elle a peut-être été très inspirée pour y cacher un enregistreur. Et fouillez-la aussi !

Le gros bras à ma droite dégage la gibecière et vide son contenu sur la table, tandis que l'autre me palpe afin de s'assurer que je ne suis pas armée. Je réalise soudain que ce sont les mêmes personnes que j'avais entraperçues sous le chapiteau devant le collège des enfants.

Mais oui ! Tout est clair maintenant ! Je comprends pourquoi Bertha disait qu'elle me surveillait et comment elle était au courant de certains détails.

Je réalise que j'étais sous surveillance depuis un sacré bout de temps. Je deviens de plus en plus agressive.
- Où sont mes enfants ?
- Pas si vite, rétorque Bertha. Voyons d'abord ce que tu nous as rapporté.

L'homme qui me fouille dépose trois couteaux sur la table. Il ne trouve aucune trace de l'enregistrement. Il semble assez surpris de trouver cet attirail sur moi. Tout comme Bertha, d'ailleurs, qui ne manque pas de le faire remarquer.
- Tiens ! Tiens ! Tiens ! Je vois que l'on n'a peur de rien et qu'on est prête à tout tenter pour sa famille chérie, lance Bertha. Les choses ne sont malheureusement pas si simples. Je te conseille de coopérer pour que tout se passe pour le mieux.
- Je ne te dirai rien tant que je n'aurai pas vu mes enfants.
- Arrête de t'entêter. Tu ne fais qu'empirer les choses.
- Bertha, tu penses que je suis assez stupide pour t'apporter l'enregistrement qui prouve que mon mari a

été assassiné sur un plateau d'argent. C'est vraiment me sous-estimer !

- En tout cas, mon stratagème a bien marché. Tu ne t'es doutée de rien du tout. Mais bon. Maintenant, il est temps de mettre fin à ce petit jeu. Jennifer, dis-moi où se trouve l'enregistrement ou je me verrai dans l'obligation de m'en prendre à tes enfants. N'oublie pas que c'est moi qui suis en position de force pour l'instant. Tu ferais mieux de coopérer.

- Tant que je ne verrai pas mes enfants, je ne dirai rien. Prouve-moi d'abord qu'ils vont bien. Sinon, je ne te dirai pas où se trouve l'enregistrement et crois-moi, je n'en resterai pas là.

- Des menaces ? Est-ce que j'ai bien entendu ? Des menaces ?

- Prends cela comme tu veux. Mais sache qu'à ce moment précis, c'est plutôt moi qui mène le jeu.

Bertha pouffe de rire…

- Décidément, tu n'as peur de rien. Même pas de perdre tes enfants. Je vais te laisser réfléchir un peu.

Bertha ordonne à ses gorilles :

- Amenez-la dans la pièce !

- Quelle pièce ! Et mes enfants ?

Je commence à me débattre quand les deux gros bras me saisissent fermement. Je ne peux plus bouger sous leur emprise. L'un d'eux me traîne en mettant sa main sur ma bouche pour éviter que le son de ma voix ne s'entende de loin. Je me débats, mais ne parviens pas à me dégager. Le second acolyte nous devance et ouvre une porte fermée à clé. Je suis projetée dans la pièce et tombe par terre.

Je me redresse et aperçois mes enfants, blottis contre le mur du fond, assis sur un banc en bois, terrifiés. Leurs mains et leurs pieds sont entravés par de la corde nouée autour de leurs membres. Leurs bouches sont recouvertes d'un morceau d'adhésif. Les traces de larmes séchées laissent deviner qu'ils ont pleuré.

- Léa, Ben, Hugo ! Vous allez bien ?

Cette vue m'est insupportable.

- Quelle honte ! Comment pouvez-vous faire ça à des enfants innocents !

Je me précipite vers eux et les détache, sans me soucier des geôliers. Je commence par détacher Hugo, qui se met à sangloter. C'est le plus sensible et cet épisode l'a vraisemblablement plus marqué que les autres. Dès qu'il est libre de ses mouvements, il s'agrippe à moi et ne me lâche plus. Je l'enlace, l'embrasse et le réconforte.

- Hugo, calme-toi mon chéri. Je suis là maintenant.

Quand je sens qu'il retrouve un peu ses esprits, je le laisse et m'empresse de détacher son frère et sa sœur et les prends dans mes bras.

Les geôliers sortent et referment brusquement la porte. Nous sommes seuls, enfermés soit, mais peu importe, nous sommes enfin réunis.

Constatant la grande angoisse des enfants, je leur murmure :

- Ne vous inquiétez pas mes chéris. J'ai un plan pour que Bertha nous laisse partir d'ici. Mais je préfère ne pas vous le révéler. Il y a peut-être des micros ici ou peut-être que l'on est surveillé. Elle n'aura pas d'autre choix que de nous laisser partir. J'ai caché une chose à laquelle elle tient par-dessus tout. Ce sera notre monnaie d'échange.

Les enfants, un peu plus rassurés, réussissent tant bien que mal à s'endormir, toujours blottis contre moi. Nous passons toute la nuit, collés les uns aux autres de peur qu'on arrache l'un d'entre nous.

Très tôt le matin, un bruit retentit dans le couloir. Au fur et à mesure qu'il se renforce, nous devinons que deux personnes s'approchent de la pièce. Les enfants prennent peur et accentuent leur étreinte, comme s'ils voulaient ne faire qu'un avec moi.

- Rassurez-vous les enfants. Quoi qu'il arrive, je veux que vous soyez forts et que vous restiez unis. Je sais que Bertha ne nous fera rien, car je peux la faire chanter et elle sait qu'elle a beaucoup à perdre.

- Maman, j'ai peur, dit Hugo en pleurant. Pourquoi ils nous veulent du mal ? Qu'est-ce qu'on a fait ? Est-ce qu'ils vont nous tuer ?

- Rien. Vous n'avez rien fait et personne ne vous fera de mal maintenant que je suis là.

La porte s'ouvre.

- Bertha veut te voir, dit le plus grand des deux, d'une voix grave et autoritaire.

Je regarde les enfants et leur murmure :
- Restez calmes. Je vais bientôt revenir.
- Ne vous inquiétez pas pour eux, rétorque le second bourreau. On s'en occupera bien. La suite du programme ne dépend que de vous.

Voyant mes enfants qui commencent à s'affoler et à paniquer, je refuse de suivre les deux gorilles. Ils s'abstiennent de me brusquer devant mes enfants, quittent la pièce et la referment à clé.

Nous les entendons discuter. Ils essaient de se mettre d'accord sur la manière dont ils pourraient m'extraire de la pièce sans brutalité. Cela nous inquiète et nous essayons de nous concentrer afin de comprendre la teneur de leur échange. Puis, quand la poignée de la porte se baisse, nous nous figeons et notre souffle se coupe. Alors que nous nous attendons à ce que la porte s'ouvre, elle reste fermée. La poignée remonte et nous entendons les pas des geôliers s'éloigner. Je me dis que ce n'est qu'un court répit qui nous est accordé, le temps de consulter la donneuse d'ordres, Mama Bertha.

Près de vingt minutes plus tard, les mêmes pas lourds se font entendre. J'ordonne aux enfants de se tenir contre le mur, juste derrière moi. Je fixe la porte, prête à ne rien lâcher. Je m'attends à affronter Bertha. La porte s'ouvre. Le premier homme entre et nous observe. Son regard ne montre aucune expression particulière. Il ouvre la porte en grand et fait signe d'entrer, probablement à son coéquipier, qui se tient encore à l'extérieur de la pièce.

À ma grande surprise, je vois d'abord un plateau de nourriture passer le cadre de la porte, porté par le second bourreau. Sans un mot, il dépose le plateau à terre. Puis, les deux hommes repartent en refermant la porte derrière eux. Au fur et à mesure qu'ils s'éloignent, leurs pas deviennent de moins en moins audibles. Une fois que le silence est installé, j'inspecte le plateau et partage la nourriture.

Une heure plus tard, les deux gros bras font de nouveau une apparition.
- Mama Bertha a montré sa bonne volonté et espère que vous avez bien apprécié le repas. En retour, elle demande que vous coopériez et que vous nous suiviez sans esclandre.

Je ne sais pas trop quoi penser ni quoi faire. J'explore tout de même quelques idées intérieurement.

Il est vrai que Mama Bertha aurait pu nous laisser croupir dans cette salle et nous affamer jusqu'à ce que je craque. Pourtant, il m'est impossible de lui donner ce qu'elle veut. Par contre, je peux négocier la libération des enfants et trouver un moyen de m'échapper.

Je regarde les deux hommes fixement et leur dis :
- Je vous suis.

Je me tourne vers les enfants et lis dans leurs regards la surprise et le doute qui les envahissent. Ils sont assis sur le banc et me voient partir.

J'avance entre les deux gros gorilles. Ils sont silencieux et semblent peu méfiants. Je crois qu'ils sont convaincus que je ne me sauverai pas et que je ne tenterai rien d'idiot. D'ailleurs, ils n'ont pas tort. Et pour cause : non seulement je n'ai pas le gabarit pour, mais en plus ils détiennent encore ce qui m'est le plus cher au monde : mes enfants. Au fur et à mesure que j'avance, j'essaie d'imaginer ma conversation avec Bertha. Je l'imagine trônant dans son siège derrière son bureau, me lançant un regard de défi. À mon tour, je soutiens son regard, sans décrocher un mot.

Nous arrivons devant le bureau de Bertha. Le premier des geôliers frappe à la porte. La voix de Bertha se fait entendre et nous invite à entrer, ce que nous faisons.

- Avance, me lance Bertha. J'espère que tu es maintenant plus disposée à me dire ce que je veux entendre.

- Bertha. J'apprécie ton geste. Mais si tu veux que je coopère, tu devras libérer les enfants. Ils sont innocents et c'est inhumain de les traiter de la sorte. Laisse-les partir et je reconsidérerai ma position.

- Ma belle, je ne suis pas tombée de la dernière pluie. Je sais très bien qu'une fois tes bambins à l'abri, tu seras tentée de jouer la « wonder woman ».

- Bertha, crois-moi. Je ne tenterai rien d'inconsidéré. Mais si tu veux que je coopère, tu dois relâcher les enfants et me laisser partir. Je te remettrai l'enregistrement et je ne tenterai rien contre toi ensuite.
- Ma chérie. Je crois que tu n'as pas conscience de ce dans quoi tu t'es embarquée. Sache que je ne négocie jamais.
- Bertha, ma proposition n'est pas négociable non plus.

Assez surprise par ma résistance, Bertha me lance un regard assassin. Je devine qu'elle veut me faire craquer et qu'elle ne compte pas perdre la face. Elle me mitraille des yeux, puis fait un signe de la tête et plonge dans la lecture d'un dossier qui se trouve sur son bureau. Sans lever les yeux, elle lance :
- Profite de ces derniers instants pour embrasser tes enfants. J'ai des projets pour eux.

Les deux gros bras me saisissent et me reconduisent dans la pièce avec les enfants. Je suis terrifiée par ces mots, mais essaie de cacher ma peur. Je ne dois surtout pas la laisser transparaître. Les enfants comptent sur moi. Je dois absolument échafauder un plan si je veux que l'on s'en sorte.

La journée qui passe me semble interminable et le fait de ne pas savoir ce que Bertha mijote me met hors de moi.

Je suis persuadée que Mama Bertha a envoyé ses gros bras fouiller notre appartement afin de trouver l'enregistrement, mais qu'ils n'y ont rien trouvé. Et c'est certainement pour cela qu'elle met autant de pression sur moi et qu'elle essaie de me faire cracher le morceau en me faisant chanter avec les enfants. Mais ça ne marchera pas, car elle est loin de me connaître. Mais vu son ton de tout à l'heure, je sais que je n'aurai pas beaucoup d'autres occasions de me trouver en face d'elle. La prochaine fois, il faudra que j'entre en action. Je ne sais pas encore comment, mais je verrai le moment venu.

Le soir venu, les deux gros bras débarquent de nouveau dans la chambre pour venir me chercher. L'espoir renaît en moi. À ma grande surprise, l'un d'eux tient une corde et me demande de me retourner en mettant mes mains en arrière. Puis, il attrape mon poing gauche et enroule la corde autour. Il fait la même chose avec mon poignet droit. Je le sens ensuite passer la corde tout autour de mes deux poignets à la fois.

Discrètement, j'essaie de me dégager, mais mes liens sont trop serrés. Je suis complètement déstabilisée, car je n'avais vraiment pas pensé à cela.

Peu importe, je trouverai bien une solution.

Ils m'amènent de nouveau dans le bureau de Bertha. En la voyant, je sens qu'elle m'attend de pied ferme, qu'elle a l'intention d'en découdre sans perdre de temps. Elle me regarde droit dans les yeux, comme si elle voulait me fusiller sur-le-champ. Son regard est rempli de colère, voire de mépris. C'est la première fois que je la vois dans cet état et cela me trouble.

- Bertha, pourquoi en veux-tu autant à ma famille ? Je suis prête à te donner ce que tu veux, mais j'ai posé mes conditions.

Bertha se contente de rire aux éclats. Puis, sans que je m'y attende, elle s'approche de moi, me saisit par le menton, et me donne une gifle tellement violente que je m'écroule au sol, désarçonnée. Je n'ai même pas le temps de réaliser que je suis au sol, quand je sens sur moi, un poids venant bloquer ma respiration. J'ouvre les yeux, reprends connaissance et réalise que Bertha vient de s'asseoir sur moi et me plaque au sol en me tenant par le cou avec une vigueur insoupçonnée. Sa fureur est telle qu'une nouvelle contrariété de ma part pourrait déclencher un accès de colère et m'être fatale, compte tenu de la force de ses mains.

Je dois absolument la calmer et gagner du temps. Je suis en trop mauvaise posture pour exiger quoi que ce soit. Je dois obtempérer.

Je soutiens son regard et essaie tant bien que mal de hocher la tête pour lui faire comprendre que je capitule. À compter de cet instant, son souffle ralentit et reprend son rythme normal. Elle marque un temps d'hésitation, puis je sens ses doigts relâcher lentement ma gorge.

Je suis tirée d'affaire. Peu importe pour combien de temps. Le plus important est que je suis encore là pour veiller sur mes enfants.

Bertha se relève avec peine, sous le regard de ses deux gros bras, restés immobiles durant toute la scène. Elle fait le tour de son bureau pour se laisser tomber dans son fauteuil.

- Relevez-la ! Ordonne-t-elle.

Puis, elle se met debout et me hurle dessus.

- Parle ! Je t'écoute.

- L'enregistrement est chez moi. Je suis prête à te le remettre.

- Je souhaite vraiment pour tes enfants que tu me dises la vérité. On va le savoir de suite.

Bertha fait un signe de la tête et ordonne à ses gros bras de me conduire chez moi.

Le yokogeri

Il fait déjà noir lorsque mes deux bourreaux et moi arrivons dans la cité. On peut à peine nous distinguer sous l'éclairage sombre des lampadaires qui ont résisté jusque-là aux intempéries et au vandalisme des gamins du quartier. Comme très régulièrement, l'ascenseur de l'immeuble est en panne.

Nous sommes obligés de monter les vingt et un étages à pied. C'est un exercice très éprouvant pour les deux hommes, mais pas pour moi. Afin de garder la forme et le moral, je monte et descends en petites foulées ces marches au moins trois fois par semaine.

C'est alors très essoufflés que les deux gros bras franchissent la porte de l'appartement 7.21.4.

- De l'eau ! J'ai soif ! Ordonne celui qui a eu le plus de mal lors de la montée.

Il transpire plus que son collègue.

- Dans la cuisine. C'est par ici !
- Toi, passe devant !
- Pendant ce temps, moi, je vais inspecter les chambres, dit le second bourreau, tout en mâchant un chewing-gum qu'il ne quitte jamais.

Je m'exécute sans broncher. L'homme, au lieu de demander un verre ou un gobelet, penche sa tête sous le robinet et se met à boire. Il s'arrête, lance un soupir de soulagement et recommence. Il a l'air de bien apprécier l'instant présent. Il semble occulter tout ce qui se passe autour de lui. Je profite de ce moment d'inattention et de faiblesse. Lorsqu'il penche sa tête une nouvelle fois, je sors la bombe lacrymogène et pulvérise son contenu sur le gorille.

En voulant se débattre, il heurte violemment sa tête contre l'évier. Le bout du robinet, devenu progressivement tranchant au fil des années, sous l'effet conjugué de l'eau, du calcaire et de la rouille, lui laisse une véritable estafilade sur le côté du visage. Il crie et se débat. Je lui assène un grand coup de pied. Il tombe.

Sans perdre de temps, je récupère rapidement ma spatule dans l'armoire. La bombe lacrymogène dans la main gauche et ma spatule dans la droite, je me sens prête à affronter mes bourreaux. Son collègue, interpellé par les cris, arrive en courant. Quand il pénètre dans la cuisine, je lui pulvérise du gaz lacrymogène en plein visage. Dans le même temps, je lui assène de grands coups de spatule sur la tête. Il s'écroule et tombe sur son collègue.

- Ne bougez plus, sinon je vous assomme à nouveau.

Ils essaient de se débattre, mais, ne pouvant plus rien voir, leurs coups vont dans le vide.

- Prenez ça ! Vous m'avez cherchée et vous m'avez trouvée !

Je les pulvérise de nouveau pour les immobiliser et garde ma spatule bien haut afin de pouvoir les frapper au moindre faux mouvement. Pendant plusieurs minutes, ils respirent très mal.

Je récupère de vieilles cordes qui avaient servi lors du déménagement. J'attache chacun d'eux séparément. Je commence par leur nouer les bras dans le dos, ensuite les pieds, avant de relier les quatre membres par un nouveau nœud. Pour être sûre qu'ils ne bougeront pas lorsqu'ils retrouveront leurs esprits, je les attache solidement aux radiateurs ; l'un dans la cuisine et l'autre au salon, après l'avoir traîné au sol avec beaucoup de difficultés. Je téléphone ensuite à la police.

- Allô, ici la police. Je vous écoute.
- Bonjour, je vous appelle du quartier des pins à Maga Sud. Je viens de voir deux hommes costauds amener une femme de force.
- Savez-vous où ils sont allés ?

- Je crois qu'ils sont entrés dans l'appartement 7.21.4. Dépêchez-vous, j'entends des cris.

Après avoir raccroché, je fouille les deux bourreaux et leur arrache de force les clés de leur voiture. Ils commencent à retrouver leurs esprits. Je les pulvérise à nouveau avec ma bombe lacrymogène et la remets dans mon soutien-gorge. Je sors de l'appartement et pars à grands pas.

Quelques minutes plus tard, je m'arrête dans une cabine téléphonique. Je ne veux plus utiliser mon téléphone pour ne pas susciter d'interrogations de la part de la police.
- Allô, ici la police. Je vous écoute.
- Bonjour, je vous appelle parce que je viens de voir des hommes amener de force une femme et trois enfants dans un bar.
- Pouvez-vous nous indiquer où se trouve le bar en question ?
- C'est au quartier « Tiende », en périphérie sud de la ville. Le bar s'appelle « Chez Mama Bertha ».

Je retourne dans la voiture et continue ma route. Arrivée devant la barrière, je récupère le bip dans la boîte à gants, ouvre le portail et me dirige sans éveiller des soupçons, vers le garage. De là, j'emprunte un petit couloir pour atteindre le local dans lequel les enfants sont enfermés.

J'entends la voix de Mama Bertha, qui les a rejoints.

- Ne vous inquiétez pas. Vous serez à nouveau libres dès que votre mère m'aura remis ce qui m'appartient. Tenez, je vous ai apporté à manger. Je pose le plateau juste là. N'ayez pas peur. Je ne vous ferai aucun mal.

J'avance sur la pointe des pieds tout en rasant le mur. Je retiens ma respiration pour ne pas faire de bruit.

Arrivée devant la porte, je m'immobilise et me concentre sur la voix de Mama Bertha afin de localiser sa position exacte dans la pièce avant d'agir. Du coin de l'œil, j'aperçois un petit rat qui rôde. Il s'avance vers moi. Je ne sais quoi faire. Je déteste les rats. C'est ma plus grande phobie.

Jennifer, contrôle-toi si tu ne veux pas tout faire foirer.

Je fais des gestes de la main pour le chasser, mais le rongeur continue imperturbablement son chemin vers mes pieds. Je comprends qu'il est attiré par l'odeur de la nourriture.

Le rat arrive finalement à mon niveau. Je sursaute malgré moi. La bombe lacrymogène s'échappe et tombe. Le rat s'enfuit. Je récupère vite de la bombe et m'immobilise à nouveau, mais Mama Bertha a visiblement entendu le bruit.

- Qui est-ce ?

Je ne bouge pas et reste silencieuse. Après quelques secondes, j'entends le bruit des pas de Bertha, puis celui de clés qui tournent dans la serrure.

Dès que la porte s'ouvre, je pousse brutalement Mama Bertha. Elle heurte sa tête contre le mur et tombe. Sans attendre, je pulvérise tout le contenu de la bombe lacrymogène sur elle. Malheureusement, il n'y en a plus suffisamment pour la mettre hors d'état de nuire. Je lui donne des coups de pieds, mais elle parvient à se relever et à m'attraper. Elle me donne des coups de poing. Je me débats comme je le peux face à ce mastodonte, mais elle finit par m'immobiliser.

Voyant que Mama Bertha a pris le dessus sur moi, Hugo se concentre, saute et donne un grand coup de pied sur sa nuque.

Elle heurte son front contre le mur et s'écroule. Le temps semble s'être immobilisé. On ne perçoit plus aucun bruit. Mama Bertha ne bouge plus. Je me penche pour écouter son cœur, mais n'entends aucun battement. Je commence à lui faire un massage cardiaque tout en lui criant :

- Ne meurs pas ! Ne meurs pas ! Dis-moi pourquoi tu as tué mon mari !

Soudain, Mama Bertha tousse. Je lui tapote les joues pour l'aider à retrouver ses esprits.

- Pourquoi as-tu tué mon mari ? Pourquoi ? Moi qui croyais que tu étais mon amie.

Je pleure et supplie Mama Bertha.

- Dis-le ! Dis-le au moins pour faire la paix avec toi-même.

Mama Bertha commence à murmurer.

- Je ne voulais pas en arriver là, mais il a fallu qu'il te croise.

Puis c'est le silence. Plus aucun mot ne sort de sa bouche malgré ses efforts pour parler.

J'ai le sentiment qu'elle sent la mort approcher à grands pas et qu'elle veut à tout prix faire la paix avant de mourir. Je masse à nouveau son cœur en l'interpellant.

- Ne meurs pas ! Continue !

Mes efforts finissent par payer. Mama Bertha se met à nouveau à parler correctement.

- Je suis devenue trop vieille à son goût et il m'a abandonnée pour toi. Il m'a laissée seule avec mon gamin.

- Mais de qui parles-tu ? De Marc ! Marc et toi avez un enfant !

- Il nous a abandonnés. Et maintenant, c'est moi qui pars.

- Ce n'est pas possible ? Marc et toi avez un enfant ! Dis-moi où il est ! Si c'est l'enfant de Marc, je prendrai soin de lui.

- Sans papa, il a perdu ses repères et est devenu délinquant. Il a fini par se faire tuer dans un braquage.

La voix de Mama Bertha devient de plus en plus faible.

Au loin, on entend les sirènes de la police qui retentissent. Dans un dernier effort, Mama Bertha tente de s'approcher de mon oreille.
- Pardonne-moi.
- Comment t'es-tu arrangée pour que la police croie à un accident ?
- Ce fut un vrai jeu d'enfant. Tu sais, je suis Mama Bert…
Elle n'a pas le temps de terminer cette phrase. Sa tête tombe en arrière et plus aucun son ne sort de sa bouche.

La police arrive sur les lieux. Les services de secours sont avec eux. Je sors un téléphone de la poche arrière de mon pantalon, dont les déchirures s'étaient accentuées pendant les bagarres, et le tends à un policier :
- Tout est enregistré dans ce téléphone, le meurtre de mon mari, les aveux de Mama Bertha…
Le policier prend le téléphone et demande :
- C'est qui Mama Bertha ?
- C'est la dame là-bas, dis-je en pointant du doigt. Celle qui est prise en charge par les ambulanciers.
Au même moment, j'entends la radio du policier qui annonce : « Deux individus ont été appréhendés dans un appartement situé à Maga Sud ».

La description qui s'ensuit confirme qu'il s'agit de mes deux bourreaux. Je cours vers les enfants et les prends dans mes bras en leur chuchotant :

- C'est fini !

Les secouristes viennent vers moi.

- Madame, nous allons vous accompagner à l'hôpital, ainsi que vos enfants, pour une vérification de routine.

Nous entrons dans leur voiture.

- Hé ! Hugo, ton coup de pied était mortel ! Chuchote Ben.

- C'est le « yokogeri ». C'est l'un des coups de pieds les plus puissants des arts martiaux.

- Chut ! Taisez-vous, dis-je.

Quelques minutes plus tard, le chauffeur démarre et fonce vers l'hôpital de Maga Sud.

Le Docteur nous examine et ne constate rien de grave.

- Vous pouvez rentrer chez vous.

- Merci Docteur.

Deux jours plus tard, c'est le trente-et-un décembre. Nous sommes attablés pour le petit déjeuner lorsque mon téléphone sonne.

- Allô, c'est Madame Berthe.

- Allô, ici Jennifer. Comment allez-vous, Madame Berthe ?

- Très bien. Et vous ?

- Très bien aussi. Vous venez toujours avec nous ?

- Bien évidemment.
- A ce soir, alors ?
- Oui, à ce soir.

Les enfants me regardent, très surpris et plus particulièrement Léa.
- Maman, encore Bertha ?
- Non ma fille. C'est juste un homonyme. C'est Madame Berthe de l'association « Réveillon pour tous ». J'ai appelé hier pour proposer mon aide. Je vais être bénévole pour servir des repas chauds à ceux qui ne peuvent pas s'en offrir. J'y serai de quatorze heures à dix-huit heures.
- Maman, tu peux compter sur moi, je m'occuperai de mes petit-frères entre temps. J'en profiterai pour faire le gâteau pour notre réveillon.
- Est-ce qu'il sera bon ? Demande Hugo.
- Aussi bon que celui de Maman ? Renchérit Ben.
- Je vais le faire avec la spatule magique de Maman.
- Là, il ne sera pas bon, dit Ben. Il sera exquis.
- Non, rétorque Hugo. Il ne sera pas seulement bon ou exquis, mais succulent.
- J'ai beaucoup de chance de vous avoir, dis-je en les prenant tous dans mes bras.

Table des matières

Le vendredi treize 7
Le désenchantement 25
Maga Sud 43
Mama Bertha 57
L'espoir 77
L'enregistrement 93
La Zoulou 115
Le yokogeri 133

Les auteurs

Paul Tsamo et Amisi Lieke se sont rencontrés en 2007. La passion du premier pour les histoires bien ficelées et du second pour les langues, la lecture et la gastronomie les a conduits à mener en commun l'écriture de « La spatule de l'espoir ».

Paul Tsamo : Né au Cameroun, il a fait des études universitaires qui se sont soldées par une licence en informatique. Il a ensuite enseigné pendant 5 ans. En 2000, il s'installe en France. Il reprend des études post bac au Centre National d'Enseignement à Distance et au Conservatoire National des Arts et Métiers, en parallèle de son activité professionnelle de technicien informatique. Il obtient un brevet de technicien supérieur en informatique industrielle, puis un diplôme d'architecte des systèmes d'information. Il soutient, quelques années plus tard, une thèse professionnelle en économie et gestion de la santé. Il a occupé le poste de Directeur des Systèmes d'Information dans un hôpital de la région parisienne. Aujourd'hui, il travaille à Paris dans une agence nationale française rattachée au Ministère de la santé. Il est aussi titulaire d'un diplôme canadien en scénarisation et en réalisation de cinéma.

Amisi Lieke : Née en République Démocratique du Congo, elle est arrivée en France avec ses parents à l'âge de 6 mois. Après des études primaires et secondaires à Toulouse et universitaires à Lyon, sa passion pour les langues l'a amenée à effectuer un séjour de 5 ans en Allemagne. Après son retour en France en 2002, elle est engagée en tant qu'assistante trilingue dans une grande société de courtage en assurance. Depuis 2013, elle occupe le poste de conseil en matière de gestion des sinistres auprès de sociétés françaises et étrangères dans la même structure.

Remerciements

Nous tenons à remercier Aurélie Le Guern, Mona Krichen, Marcel Nguefack, Serges Antoine Dongmo Mezatio, Jean-Claude Igabille et Michel Veret pour leur relecture éclairée.

Retrouvez notre actualité sur le site

http://www.mopimopi.com[1]

---

[1] « **Môpi môpi** » en langue Bamiléké (Dschang - Cameroun) signifie « **petit à petit** »

Édité par **BoD** - Books on Demand, 12/14 rond point des Champs Élysées, 75008 Paris, France

Imprimé par **BoD** - Books on Demand, Norderstedt, Allemagne

ISBN : 978-2-322-13918-7

Dépôt légal : mars 2017